IL SICARIO

UN ROMANCE DI BRATVA

RENEE ROSE

Traduzione di
EMA FERRARI

RENEE ROSE ROMANCE

 Creato con Vellum

IL SICARIO

Lei è la mia debolezza, la mia ossessione. E adesso la mia prigioniera.

Ho passato dodici lunghi anni in una prigione siberiana.
Da quando sono stato rilasciato, nulla ha più catturato il mio interesse.

Nulla tranne lei.
Settimana dopo settimana, ho visto la sua band esibirsi.
Non riesco a togliermela dalla testa.

Quando il passato è tornato a bussare alla mia porta, lei è diventata un bersaglio.
L'unico modo per salvarla è rinchiuderla.
Tenerla prigioniera finché le cose non si risolveranno.

. . .

NON MI PERDONERÀ MAI, ma ora non posso darle spiegazioni.

Non posso parlare.

OTTIENI IL TUO LIBRO GRATIS!

Iscrivetevi alla newsletter di Renee per ricevere Indomita, scene bonus gratuite e notifiche riguardo a nuove pubblicazioni!

https://BookHip.com/MGZZXH

CAPITOLO UNO

Oleg

Il momento di chiusura del Rue's Lounge era la parte peggiore di ogni settimana. Mi scolai la fine della birra e misi giù la bottiglia, alzandomi a malincuore dal tavolo che avevo conquistato a inizio serata. Story, il mio canarino americano, e gli altri membri della band si riunirono intorno al bar, ancora carichi per l'energia dovuta a un'altra performance epica. Esitai, ma non avevo scuse per rimanere. Non quando Rue, la proprietaria con la cresta, aveva già acceso le luci per scacciare gli ultimi avventori. Non quando aveva specificamente puntato la testa per indicarmi la porta. Non avevo motivo di rimanere. Non stavo temporeggiando in attesa di trovare il coraggio per chiedere a Story di uscire.

Impossibile, senza lingua. Non che avessi intenzione di inventarmi un altro modo per comunicare. Non ero il ragazzo per lei. Lo sapevo.

Né sarei rimasto lì a fissarla. Beh, forse un po'. Era dannatamente difficile distogliere lo sguardo quando era presente.

La chitarrista e cantante dalla voce dolce come il miele era magnetica. Ipnotizzante. Gloriosamente talentuosa e dotata di una bellezza punk. No, rimanevo perché non ero in grado di andarmene. Non sarei riuscito a lasciare il locale fino a quando non fossi stato assolutamente sicuro che Story sarebbe tornata a casa sana e salva.

La guardai scolarsi il terzo margarita in pochi sorsi veloci e poi ridere di qualcosa che aveva detto uno dei suoi amici. Il caschetto in stile Debbie Harry era rosa pallido quella settimana: aveva aggiunto una sfumatura di color champagne al suo solito platino, cosa che le rendeva la pallida pelle luminosa. Era tanto bella da far male. Mi costrinsi a uscire. Sapevo che il bar le era familiare e che lì aveva molti amici. C'erano anche i suoi compagni di band, tra cui il fratello. Avrebbero dovuto tutti prendersi cura di lei.

Ma c'era l'alcol. Forse anche droga.

E sapevo di non essere l'unico *mudak* a nutrire pensieri oscuri su ciò che avrebbe voluto fare con l'enigmatica cantante degli Storyteller. I membri della band a volte rimanevano a bere dopo la chiusura del Rue, il che era legale dal momento che erano sul libro paga del locale. Quelle serate me ne stavo nella mia Yukon Denali in attesa di vedere Story mettersi al sicuro nel furgone della band o andarsene con qualcuno che conosceva.

Quella sera uscirono tutti dopo di me, accompagnati dalle loro groupie. Non avrei dovuto aspettare a lungo. Presto sarebbe stata al sicuro, fuori dalla mia vista. Potevo tornare all'attico e riprendere il conto alla rovescia fino alla settimana successiva, quando avrebbe suonato di nuovo.

Andai all'auto e appoggiai l'avambraccio sul cofano, in attesa di assicurarmi che uscisse da lì in sicurezza. Story barcollava trotterellando nelle sue Dr Martens verso il parcheggio, chiaramente sopraffatta dall'alcol. Le calze a rete avevano un buco sulla coscia che mi fece venire voglia di finire il lavoro. Di strapparle e farmi strada leccando fino alla cima di quelle gambe formose.

Solo che non avevo una lingua con cui leccarla.

Bljad'. Ero stato con una donna non più di due volte da quando mi era stata tagliata. Non sapevo come fare l'amore con Story, senza la maledetta punta della mia lingua.

Suo fratello, il playboy della band, aveva una ragazza bollente per braccio e procedeva dietro alla sorella, che barcollava verso il loro furgone. Il suo furgone, probabilmente. O almeno di solito lo guidava lui. Di tanto in tanto si presentava con una piccola Smart. Flynn disse qualcosa a Story e si allontanò dal furgone, portando con sé le due accompagnatrici.

«Cosa? Aspetta, Flynn, non puoi!» gli gridò dietro Story.

Lui la ignorò.

«Ho bevuto troppo per guidare fino a casa.»

Flynn non la stava nemmeno ascoltando. Stava dicendo qualcosa alle ragazze, e loro ridacchiavano in risposta.

Il resto del gruppo si era disperso su altri veicoli, lasciando Story da sola con il furgone.

Ubriaca.

Bljad'. Non ero tipo da andare a dirle di non guidare ubriaca. Ovviamente non ero in grado – *non potevo* – dire un cazzo di niente a nessuno. Ma non mi piaceva.

«Flynn!» lo chiamò Story. «Non puoi accompagnarmi, prima?»

«Ho bevuto anch'io» disse, anche se pensavo che probabilmente fosse in condizioni molto migliori della sorella.

Mi allontanai dalla mia auto per farmi vedere. Puntai le

chiavi alla Denali. Era chiusa quasi quanto lo ero io nella comunicazione da tantissimo tempo, cazzo. Di solito non ci provavo nemmeno. Così le persone smettevano di cercare di comunicare con me. Di includermi. In questo modo, diventavo invisibile. Per quanto potesse esserlo un uomo di due metri per quasi centotrenta chili. Story mi vide ed esitò. Aveva capito le mie intenzioni, lo vedevo. E le stava considerando.

Una parte di me avrebbe voluto che rifiutasse. Non sarebbe dovuta salire in macchina di uomini che non conosceva davvero. Voglio dire, lei mi conosceva dal locale, ma avrei potuto essere un pervertito qualsiasi.

Ma abbassò le spalle in segno di sconfitta. Tenne le chiavi alzate e gesticolò verso di me. «Oleg, puoi portarmi a casa?» biascicò. Voleva che guidassi il suo furgone. Annuii, muovendomi prima ancora che il mio cervello potesse considerare le conseguenze.

La situazione avrebbe richiesto di comunicare. Di tentare una conversazione. Ci sarebbero stati silenzi imbarazzanti riempiti molto probabilmente da contatti visivi evitati e dal profumo metallico della paura. Quello che succedeva ogni volta che una donna interessante come Story si avvicinava troppo. Cazzo, quanto lo odiavo.

Spaventavo le persone a morte. Ero grande, minaccioso, coperto dei tatuaggi tipici della bratva e della prigione siberiana, e non potevo parlare perché il mio ultimo capo mi aveva tagliato la lingua per impedirmi di svelare i suoi segreti. Trasudavo intimidazione. E avevo tutta l'aria di uno che sa uccidere un uomo a mani nude senza fatica.

Cosa che avevo fatto. Molte volte.

Ero un sicario della bratva.

Story barcollò un po' quando arrivai; le afferrai il gomito, tenendola ferma. Si appoggiò a me, regalandomi un sorriso sfocato. «Grazie per avermi salvata. Sapevo che lo avresti fatto.»

Cercai di ignorare l'effetto che mi fecero al battito cardiaco le sue parole. Accelerò, poi saltò un colpo, e poi riprese a correre.

Sapeva che lo avrei fatto.

Bene, bene. Perché avevo pensato che fosse stata a un soffio dal chiamare il 911 per accusarmi di stalking perché mi palesavo agli spettacoli di quella bellissima cantante ogni settimana da un anno.

Non avevo intenzione di diventare lo stalker di Story Taylor.

Mi piaceva solo vederla esibirsi ogni settimana. Non sapevo bene da quanto ne fossi così ossessionato. Dalla prima volta che li avevo visti suonare?

No, lì ero diventato un fan. Quando avevo capito che avrei voluto avere il suo corpicino sotto il mio per farla urlare di piacere.

La terza volta?

Forse.

Tutto quello che sapevo era che adesso ne ero dipendente. Non sarei voluto venire. Odiavo che i ragazzi della mia cellula bratva avessero capito e volessero aiutarmi a comunicare con lei, cazzo. Volevo rimanere invisibile. Un muro che nessuno poteva interpretare. Mi ero spento, quando improvvisamente mi ero ritrovato in prigione senza lingua. Avevo imparato a comunicare con i pugni e avevo smesso di tentare qualsiasi altra forma di comunicazione. Ma lei era il mio punto debole.

Non riuscivo a starle lontano.

Non riuscivo a impedirmi di essere il primo ad arrivare e l'ultimo ad andarsene, il sabato sera. Non avrei voluto provare interesse per nulla, specialmente per una perfetta sconosciuta che non aveva alcun interesse per un uomo forte, gigante e muto.

Ma eccomi qui.

Di nuovo.

Incapace di distogliere lo sguardo dal suo bel viso. Né di stare lontano da quel corpo caldo a cui avrei voluto dare piacere per ogni centimetro. E nemmeno di pensare di lasciarla senza protezione, dal momento che nessuno avrebbe mai osato rompermi le palle.

Le tolsi le chiavi dalla mano, aprii la portiera del passeggero del furgone e la sollevai con le mani alla vita. Adorai la sensazione della sua pelle soda sotto i miei palmi, cazzo. Adorai sostenerne tutto il peso, averne il controllo.

«Oh!» L'aiuto la spaventò, e le sfuggì una risatina strozzata. «Grazie.» Di solito non si devastava tanto. Spesso sorseggiava un solo drink mentre il resto del gruppo si ubriacava. Quella sera era stata un'occasione rara.

Chiusi la portiera e gli occhi, sperando che il mio cazzo si calmasse. Di smetterla di reagire come un adolescente coglione ogni volta che potevo toccarla. Aveva un odore dolce, come di margarita e vaniglia.

Sapevo che non era mia.

Che non lo sarebbe mai stata.

Eppure una parte di me si rifiutava di capirlo. Una parte di me l'aveva reclamata la prima volta che le avevo posato gli occhi addosso.

Salii sul furgone e lo avviai, poi guardai verso di lei e feci spallucce per le indicazioni. «Oh, ehm, ecco.» Tirò fuori il telefono e aprì l'app Google Maps. Inserì un indirizzo e la voce automatizzata iniziò a dare indicazioni. «È più facile di quanto sappia spiegarti io» biascicò. Agitò una mano in modo irregolare nell'aria. «Potrei fare confusione o qualcosa del genere.»

Impostai il telefono nella console centrale e seguii le

indicazioni. Il suo appartamento si trovava a pochi chilometri dal locale, in un quartiere discreto. Trovai un posto dove parcheggiare, spegnere il furgone e consegnarle le chiavi.

Ora sapevo dove viveva.

Il che era un problema enorme.

Non l'avevo mai seguita volutamente. Per non scavalcare il confine per il territorio degli stalker. Ma ora che lo sapevo... dannazione.

Sarei riuscito a stare lontano?

Adesso avrei voluto saperla al sicuro ogni volta che lasciava casa, non solo il locale.

Accidenti.

Probabilmente no.

Sarebbe stato un problema per me. E per lei.

Per entrambi.

~

STORY

CHISSÀ PERCHÉ NON MI venne in mente che Oleg ora non aveva modo di tornare a casa finché non mi consegnò le chiavi. Aveva lasciato la Denali al locale!

Ok, vabbè.

Sarebbe dovuto rimanere per la notte. Mmm... strano.

Non mi dispiaceva. Avevo già pensato in passato di portarmelo a casa. Voglio dire, ero sicura al centocinque per cento che sarebbe venuto, se glielo avessi chiesto. Era il mio fan più devoto, dopotutto.

Mi guardava in un modo che mi faceva sentire caldo e formicolante. Mi proteggeva come se fosse la mia guardia del corpo personale, mettendo il suo corpo tra me e tutti i membri del pubblico ubriaco che si avvicinavano troppo.

Ero entusiasta di suonare al Rue ogni settimana sapendo che quel ragazzone tatuato sarebbe stato lì, che si sarebbe trovato tra il pubblico per me. Sapendo che non mi avrebbe tolto gli occhi di dosso.

Probabilmente l'unica ragione per cui non ci avevo mai provato era perché allora quello che avevamo sarebbe finito. Sarebbe diventata un'altra delle mie relazioni di breve durata, e non saremmo mai stati in grado di tornare al punto precedente. E adoravo avere una guardia del corpo silenziosa sempre presente.

E se avessimo fatto sesso e non ci fosse piaciuto?

In quel caso avrebbe smesso di venire.

Cosa che avrebbe fatto di lui uno stronzo, ovviamente, ma così mi trovavo in una bolla in cui potevo ancora fantasticare.

E se si fosse fatto inquietante? Non mi dava quell'impressione, ma non ero mica stupida. Era una possibilità. Per certi versi con lui mi sentivo al sicuro. Per certi versi sentivo che non mi avrebbe mai fatto del male.

Ma soprattutto non volevo che diventasse come gli altri con cui ero uscita, frequentazioni di pochi mesi conclusesi prima che le cose si facessero serie. La mia sorellina diceva che si trattava di un meccanismo di protezione. Che li lasciavo prima che potessero lasciarmi loro. Probabilmente aveva ragione.

A ogni modo, tutto quello che sapevo era che Oleg era diverso da quelli lì. Speciale. Lo stavo prendendo in considerazione. Avrei dovuto invitarlo a entrare? O ringraziarlo per il passaggio e chiedergli se voleva che gli prenotassi un Uber?

Sapevo che nel caso dell'ultima opzione se ne sarebbe andato senza provarci. In fondo erano passati tantissimi

mesi e non aveva mai provato una volta a riaccompa-
gnarmi a casa né a uscire con me. Non mi aveva chiesto il
numero né mi aveva dato il suo.

Si presentava e basta. Alla stessa ora ogni settimana.

Affidabile come non era mai stato nessun altro nella
mia vita, davvero.

E sì, sapevo che non poteva parlare per chiedermi di
uscire. Annie, la cameriera del Rue, me l'aveva detto
quando aveva iniziato a venire. Aveva detto che di solito
ordinava indicando la birra di qualcun altro. Non sapevo
nemmeno che fosse russo, fino a quando i suoi amici non
erano venuti con lui e ci avevano presentati. Ed era quella
consapevolezza a tranquillizzarmi sulla mia sicurezza. Non
avrebbe fatto nulla di strano. Se ne sarebbe andato, se
glielo avessi detto io. Mi avrebbe rispettata, nessun dubbio,
cazzo.

Lo sapevo perché l'avevo scalato come un albero
durante le esibizioni. Era una delle cose che preferivo fare.
Piegavo il dito dal palco, e lui si lanciava dal suo posto per
posizionarsi in piedi, in modo che potessi lanciarmi in un
salto in stile Dirty Dancing nelle sue mani. O strisciare
sulle sue spalle o cadere tra le sue braccia. Potevo contare
sul fatto che mi avrebbe presa e portata in giro mentre
cantavo. Era diventato parte della performance. I membri
della band e i miei fan se lo aspettavano. Sapevo che Oleg
non mi avrebbe mai lasciata cadere.

«Andiamo» gli dissi.

Esitò, guardandomi con tanto sospetto da farmi ridere.

«Devi accompagnarmi alla porta.» Sembravo più
ubriaca di quanto non fossi.

Sbattei le palpebre. Un secondo prima si trovava a
cinque metri di distanza, dall'altra parte del furgone, quello
dopo era al mio gomito, tenendomi quando non camminavo in linea retta sul marciapiede.

Aprii la porta dell'edificio.

Oleg non si mosse.

«Devi guidarmi fino a casa mia» gli dissi. «E se qualcuno cercasse di importunarmi sulla tromba delle scale?»

Le sopracciglia gli si inclinarono verso il basso.

Ok, forse non ero così sobria come pensavo. Mi era uscita una vera sciocchezza. «Tu sei la mia guardia del corpo» affermai. Era un dato di fatto che sapeva già anche lui, visto che si era autocandidato al ruolo.

Salimmo le tre rampe del vecchio edificio in arenaria fino al mio piano, dove armeggiai con le chiavi in cerca di quella giusta. Quando aprii la porta, Oleg fece un passo indietro. Era enorme: spalle larghe, petto gonfio, braccia grosse come tronchi d'albero. I capelli castano scuro tagliati corti come la barba.

«Ti va di entrare?»

Il suo sguardo marrone caldo mi squadrò il corpo ma scosse la testa. Fui sorpresa di esser tanto delusa dal suo rifiuto. Voglio dire, ero certa del contrario. Non c'era modo di capir male una cosa del genere, no?

Mi piazzai di fronte a lui e mi appoggiai, in punta di piedi per buttargli un braccio intorno al collo e spingere il mio viso verso il suo. «Perché no?»

Si bloccò, il suo grande corpo si irrigidì.

Se non avessi sentito la sua erezione spingere verso la mia pancia, avrei pensato che non fosse interessato. Ma lo era. «Perché ti trattieni?» Sussurrai. Gli tirai giù la testa e chiusi le labbra sulle sue, assaggiandolo.

Rimase rigido per un secondo.

Due.

«Ti prego» dissi, bramosa di fargli capire che lo volevo davvero.

E poi si riprese. Sbattei la mia schiena contro il muro accanto alla mia porta mentre Oleg dava sfogo ai mesi di attrazione repressa tra di noi. Una mano robusta mi afferrò il culo, l'altra mi catturò la nuca e lui mi reclamò la bocca come se fosse la sua ultima possibilità di respirare.

Il mio nucleo si fuse immediatamente. Mi strofinai sulla gamba che aveva spinto tra le mie, baciandolo di nuovo con un bisogno frenetico quanto il suo. Non sentivo la lingua, ma usai la mia, probabilmente in modo troppo sciatto. Mi massaggiò il culo, aiutandomi a scopargli la gamba.

Allungai la mano per aprire la porta, poi afferrai in un pugno la maglietta nera di Oleg, tesa sulle sue spalle larghe e i pettorali cesellati, e provai a tirarlo dentro l'appartamento. *Provai* fu la parola chiave.

Perché Oleg non si mosse.

Il pulsare tra le mie gambe mi rendeva ansiosa.

«Entra» lo incoraggiai.

Scosse la testa.

Ma che…?

«Oleg, entra» lo dissi più come un ordine. Ma insomma, gli piacevo. Mi avrebbe dato ciò di cui avevo bisogno, giusto?

Scosse di nuovo la testa, poi mimò il gesto del bere.

Ah, cazzo. Davvero?

«Non mi toccherai perché ho bevuto?»

Annuì.

Era davvero un tale gentiluomo?

«Molto… molto dolce.»

Davvero, davvero dolce.

«E fastidioso. Oleg, non puoi farmi questo» ragionai, tirandolo dalla camicia. «Il bacio mi ha scaldata e agitata. Non puoi lasciarmi così bisognosa. Non è giusto.»

Abbassò le sopracciglia di nuovo. Serrò la mascella. Si asciugò il labbro inferiore con il pollice, gli occhi gli ricaddero sulla mia bocca. Lo vidi lottare. Il ragazzo che mi

15

rispettava contro quello che non voleva negarmi nulla. E c'era anche quello con le palle blu. Perché sentivo la sua erezione, ed era dura come la roccia.

Come prima, nel momento in cui prese la decisione, entrò in azione. Mi spinse all'indietro, nel mio appartamento da una sola camera da letto, poi prese a calci la porta e la chiuse a chiave. «Sì, Oleg.»

Lasciai cadere la borsa, mollai la giacca e affondai di nuovo sulle sue labbra. Ci baciammo come se fosse stata una gara per vedere chi riusciva a divorare l'altro per primo. Ancora nessuna lingua da parte sua, però. Neanche fosse stato troppo un gentiluomo anche per quello. Mi prese in braccio, mettendomi l'avambraccio sotto il culo, e io gli cavalcai il forte busto con le gambe. Si girò in cerchio per orientarsi e poi scelse correttamente la porta della camera, dove mi portò e mi lasciò cadere al centro del letto.

Nel momento in cui fui giù, strappò il buco delle calze a rete – come se distruggerle fosse un crimine premeditato – e poi trascinò la bocca aperta lungo il mio interno coscia interna fino a quando non incontrò il bordo dei pantaloncini corti che indossavo sopra le calze. Lì morse il tessuto e tirò; il calore del suo respiro soffiò sul mio nucleo.

«Impaziente, eh?» chiesi con una risata. Lui grugnì in risposta. Quel suono... cazzo, mi fece sciogliere la figa.

Corsi a sbottonare i pantaloncini, spingendoli giù per i fianchi.

Prese il sopravvento, tirandomeli giù dalla vita, insieme alle calze a rete.

Risi quando raggiunse gli stivali.

Emise un gemito scontento e strappò i lacci.

In pochi secondi, li buttai via e fui nuda dalla vita in giù.

Oleg mi afferrò entrambe le gambe e mi tirò giù dal

letto. Era un amante aggressivo, diversissimo da come me lo immaginavo, ma lo adoravo. Voglio dire, mi calzava come un guanto. Mi morse e baciò il nucleo ma, per qualche ragione, trattenne la lingua. Forse gli faceva schifo leccare laggiù. S'infilò invece una delle grandi dita all'interno della guancia per inumidirla e poi strofinò il mio ingresso.

Ero già bagnata per come mi aveva trattata, e il dito scivolò dentro. Di solito non mi piaceva essere scopata con le dita. Erano troppo piccole. E non abbastanza morbide. Troppo sottili.

Ma il dito di Oleg era enorme. Grande come il cazzo di un ragazzo normale. E accidenti se *sapeva usarlo.* Spinse un paio di volte, poi inserì un secondo dito e iniziò ad accarezzarmi la parete interna.

Aprii bocca per il piacere quando trovò quello che doveva essere il mio punto G. Le cosce mi si contrassero e sbatterono contro le sue spalle larghe. Accarezzò e girò intorno al fascio di nervi fino a quando non fui che un pasticcio tremante, poi iniziò a scoparmi con le dita in modo duro e veloce.

«Oh Dio» ansimai, afferrandogli il braccio libero come alla disperata ricerca di qualcosa a cui aggrapparmi in quella corsa selvaggia.

Infilò la mano sotto la mia canottiera e spinse giù la coppa del reggiseno. Fui scioccata quando mi pizzicò il capezzolo, forte. I miei fianchi si staccarono dal letto in risposta, portandogli le dita più in profondità. Sbattei la testa sul letto; c'ero quasi…

Emise un verso con la parte posteriore della gola e mi scopò più velocemente. Il suo pollice mi costeggiò il clitoride mentre pompava con le dita e io venni come un petardo, esplodendo nel piacere e nel mio primo e unico orgasmo da dita.

«Oh mio Dio!» Ripetei, i muscoli ancora tremanti, tutti spasmi.

Ero sbalordita.

«È stato pazzesco. Bellissimo.» Gli strofinai il rigonfiamento del cazzo nei pantaloni. «Sono decisamente pronta. Sono stati i migliori preliminari della mia vita.»

Ma Oleg si allontanò dal letto e scosse la testa.

«Oh mio Dio! Davvero?» Mi alzai e lo seguii, per lo più nuda com'ero. «Perché no? Perché ho bevuto? Mi è passata.» Era pazzesco implorare per il sesso. Non era il mio solito scenario. Neanche lontanamente.

Uscì dalla camera da letto per dirigersi nella zona giorno. Aprì gli armadietti finché non trovò un bicchiere, che riempì d'acqua e mi porse.

Mi lasciai andare a uno scherno di protesta, ma accettai perché era incredibilmente... dolce. Ma era almeno un ragazzo vero?

Tanta dolcezza era molto in contrasto con la sua brutalità a letto: una combinazione che trovavo inebriante. Come sale e cioccolato. Non si pensa che si sposino bene finché non si provano, e a quel punto ci si chiede perché non aromatizzino tutto con sale e cioccolato. Volevo di più da Oleg. Lo volevo tutto.

Guardò il bicchiere poi sollevò il mento, incrociando le braccia sul petto.

«Quella posa da prepotente non funziona con me» gli dissi, sforzandomi di non sorridere. Avrei voluto dimostrarmi esasperata, ma non ci riuscivo. Il mio stalker russo era tanto rispettoso e protettivo quanto me l'ero immaginato. Scolai l'acqua e posai il bicchiere sul bancone. Abbassò un sopracciglio come per dire: «Vedi?»

Alzai gli occhi al cielo. «Siamo a posto? Vuoi tornare in camera da letto?»

Scosse la testa, ma si mosse verso di me. Le mie

membra si allentarono, la sua vicinanza mi trasformò in gelatina. Ma poi mi gettò sulla sua spalla, sculacciandomi il culo nudo mentre mi riportava in camera.

«Ooh!» Risi. «Sculacciami, paparino.»

Si chinò per scostare le coperte, poi mi sdraiò con tanta cura che mi venne quasi voglia di piangere. Il culo mi formicolava per la sculacciata.

Ma chi era quel ragazzo?

Ma perché non me l'ero portato a casa prima?

Scostò le coperte e mi infilò dentro, poi mi sfiorò con la parte posteriore delle dita la guancia, fissandomi con la stessa intensità con cui mi guardava esibirmi. Come se fossi l'unico essere umano in tutto il mondo. Quando ero sul palco, alimentava la mia performance. Ma in quel momento mi faceva battere il cuore più forte. Era troppo intimo. Leggermente terrificante.

Ma poi finì tutto, perché se ne andò. Sapevo che non poteva parlare, ma non fece un cenno né un saluto. Se ne andò e basta. Sentii la porta d'ingresso aprirsi e chiudersi. Fui certa, anche senza controllare, che aveva girato il lucchetto sulla maniglia prima di chiuderla, per assicurarsi che fossi al sicuro.

Tirai le coperte più vicino e mi accucciai tra i cuscini. «Pazzo russo» sussurrai a me stessa, sorridendo. Tutto il corpo mi ronzava per il nostro piccolo interludio.

Volevo di più da lui. Molto di più. Ma ero anche delusa dal fatto che avessimo rotto il sigillo sulla nostra relazione, perché sapevo per esperienza che non sarebbe durata a lungo. Ero il tipo che non si affezionava. Fuggivo non appena le cose diventavano serie. Non sapevo perché. Provavo ansia in fondo allo stomaco. La consideravo la mia guida interiore, quella che mi diceva quando era ora di interrompere le cose. Così non finivo distrutta dall'amore, come era sempre successo a mia madre.

Che lo era tuttora.

La cosa si sarebbe consumata nel giro di poche settimane, come facevano tutte le mie relazioni, e poi sarebbe finita. E poi non sarei mai più potuta tornare al piacere di esibirmi a un concerto con Oleg fra gli spettatori. A crogiolarmi nel calore del suo sguardo addosso a me per tutta la notte.

Sapendo che c'era almeno una persona tra la folla che era pazza di me.

Vabbè. Era stato bello finché era durato.

CAPITOLO DUE

Oleg

NON AVEVO modo di tornare a casa. Avrei potuto mandare un messaggio a uno dei ragazzi della mia cellula, ma erano quasi le quattro del mattino.

Avrei potuto usare un'app di ride-sharing, ma avrebbe significato interagire con un'altra persona. Cosa che detestavo. Decisi di camminare. Erano solo pochi chilometri. Si congelava, ma venivo dalla Russia. Il freddo non mi infastidiva, soprattutto se potevo approfittare della temperatura per raffreddarmi dopo quello che era appena successo.

Il profumo dolce alla vaniglia di Story aleggiava ancora sulla mia camicia.

Chiusi la giacca di pelle e infilai le mani in tasca. La mia mente era ancora piena di immagini di Story che veniva sotto le mie mani. Era stato lo spettacolo più bello che avessi mai visto. Come quando si provava per la prima volta una droga, ora ne ero completamente dipendente. Non sapevo come sarei riuscito ad aspettare una settimana intera per rivederla. Come mi sarei accontentato di guardarla e basta, ora che l'avevo toccata.

Ma non ero abbastanza stupido da pensare di poter avere Story.

Di tenermi Story.

Ero un uomo con un passato molto pericoloso. Un passato che avrebbe potuto raggiungermi in qualsiasi momento. Uno che avrebbe potuto danneggiare le persone di cui mi prendevo cura – i miei fratelli bratva – e che probabilmente avrebbe potuto significare anche la mia fine.

Non ero una frequentazione sicura per Story, anche se ero stato abbastanza fortunato da farle desiderare uno devastato quanto me.

Riportai i ricordi fino al momento in cui ero salito sul furgone con lei, volendo rivivere ogni minuto in cui eravamo stati insieme. Indulgenza che mi costò.

Cara.

Perché non mi accorsi di nessun altro.

Un dolore mi esplose alla nuca appena venni colpito da dietro. Mi infilarono un sacco sul viso mentre mi piegavo in avanti, e atterrai pesantemente su un ginocchio. Cercai di strappare via il sacco, di vedere i miei aggressori, ma il colpo al cranio mi disorientò, e caddi su un fianco prima di riuscirvi.

Il metallo freddo di una pistola mi premette contro la tempia. «Non muoverti.» Parole in russo.

Bljad'.

Mi avevano trovato.

Avevo sempre saputo che quel giorno sarebbe arrivato. Lo sapevo, ma che accadesse proprio quella sera – la notte in cui avevo avuto modo di veder venire la mia piccola *lastočka* – lo rendeva una tortura speciale. La notte in cui mi veniva data una ragione ardente per vivere.

«Alzati» disse una voce diversa con tono stridulo.

«Vuoi che non si muova o che si alzi?» sostenne una terza voce. «Non sembra molto intelligente. Perché confonderlo?»

Eh già, ogni *mudak* pensava di essere un comico.

Diversi pensieri contemporaneamente mi scattarono nel cervello. Se mi avessero voluto morto – se fossero stati al servizio di Skal'pel' – sarei già stato morto. Quindi quegli idioti lavoravano per qualcuno che stava cercando Skal'-pel'. Per qualcuno che voleva quello avevo nella testa. Il che significava che avevano l'ordine di prendermi vivo.

La botta in testa rendeva difficile la messa a fuoco, ma ero un ragazzo grande e grosso. Potevo ancora approfittare del mio peso. Mi alzai, mi lanciai all'indietro contro il tizio che impugnava la pistola. Come previsto, non sparò.

Lo misi k.o. di schiena, atterrandogli addosso con tutto il mio peso. Il braccio che teneva la pistola cadde di lato, ma non riuscii a strappargliela prima che finisse a terra, fuori dalla mia portata. Mi strappai il cappuccio dalla testa e mi girai per rifilargli un pugno in faccia per assicurarmi che rimanesse giù e poi andai a prendere la pistola. Troppo tardi: era già stata raccolta dal *Mudak n° 2*.

«Sparagli a una rotula!» suggerì *Mudak n° 3*, il comico. Non ce l'avrebbero mai fatta in nessun ruolo nella cellula di Ravil. Mancavano dell'organizzazione e della disciplina della bratva. Nonché di intelligenza.

Mudak n° 2 cercò di spararmi al ginocchio, cazzo. Lo colpii con un pugno alla gola nello stesso momento in cui premette il grilletto. Il proiettile mi sfiorò la gamba. O almeno sperai che mi avesse solo sfiorato. Sentii una linea bruciante lungo tutto l'esterno della coscia.

La pistola cadde a terra.

Nelle finestre degli edifici intorno a noi si accesero delle luci. Qualcuno gridò che aveva chiamato la polizia. «Che cazzo stai facendo?» *Mudak n° 1* era di nuovo cosciente. «Non dovevi spargli.»

Stavo ancora cercando di arrivare alla pistola – un errore – quando sentii una forte puntura alla nuca.

Un fottuto ago!

Mi avevano sedato. Dovevo muovermi velocemente. Mi girai e diedi un rovescio a Mudak n° 1 sulla tempia. Lui barcollò, e io gli diedi un pugno in bocca con la sinistra, poi gli colpii il naso con la destra, poi la mascella con la sinistra di nuovo, e andò a terra.

Il mondo stava già iniziando a girare. Non sapevo per il trauma cranico o i farmaci o entrambe le cose. Dovevo scappare, prima che si oscurasse tutto.

Dimenticai la pistola e l'aspirazione a eliminarli. I poliziotti stavano arrivando e ora c'erano decine di testimoni a guardarci dalle finestre. I due stronzi in piedi cercarono di buttarmi a terra contemporaneamente, il che mi diede un bel vantaggio. Agganciai la gola di uno con la mano e lo girai per fargli battere la testa contro all'altro. Altri quattro pugni e furono sul marciapiede.

La vista si stava offuscando ai lati. Barcollai, corsi zoppicando in direzione dell'edificio di Story. Non ce l'avrei fatta, però. Avevo solo bisogno di trovare un posto dove nascondermi prima di svenire. Prima che arrivassero i poliziotti.

Quelle erano sirene?

Vedevo delle striature. Inciampai e caddi contro qualcosa. Una macchina.

No, un furgone.

Cazzo, era il furgone. Di Story, magari?

Armeggiai con la porta sul retro, ma le dita non collaboravano.

O forse era bloccato.

No, le dita si mossero. Lo sportello si aprì. Ero stato un

idiota a non essermi assicurato che fosse bloccato, quando eravamo arrivati. L'interno era pieno di amplificatori e altoparlanti. C'era il sistema audio. La chitarra di Story. Non sapevo nemmeno com'ero riuscito a trovare il furgone.

Era un miracolo che fosse aperto.

Non c'era spazio, soprattutto per uno grande come me, ma salii comunque.

Non ero sicuro di riuscire a farcela. Sicuramente non chiusi lo sportello. Svenni, a faccia in giù sopra gli altoparlanti, con la testa a pezzi per il dolore.

STORY

SOGNAI di essere sul palco al Rue. Oleg mi guardava dal suo solito tavolo di fronte al palco. Mi esibivo per tutti, ma era la sua attenzione il carburante che mi spronava. Che mi dava il coraggio di fare la pazza, di fare le cose in grande. Mi sentivo più me stessa sotto il suo sguardo vigile. Il rumore della folla svanì e io mi animai. Potevo essere più me stessa.

Solo che stavolta successe qualcosa. Un gruppo di ragazze salì sul palco e distrasse mio fratello nel bel mezzo della scena. Ero incazzata con lui perché era un vero e proprio puttaniere e perché aveva permesso ai modi da playboy di ostacolare la band. Ero abbastanza incazzata da infilare il microfono nel supporto e buttare tutto giù. Il pubblico impazzì, urlandomi di andare avanti. O forse stavano urlando a Flynn, non sapevo. Ma mi faceva incazzare.

E a un certo punto Oleg era lì, davanti al palco. Alzò le

braccia e io saltai, confidando che mi avrebbe presa. Le grandi mani mi sfiorarono la vita, e mi sostenne facilmente fino a mettermi sul pavimento, poi mi prese la chitarra, mi gettò sulla sua spalla e mi sculacciò mentre usciva dalla porta. Mi svegliai con un sorriso birichino sulle labbra.

Oleg l'aveva fatto. La notte prima.

Mi aveva buttata sulla spalla per sculacciarmi il culo. Poi mi aveva messa a letto.

Perché il ricordo mi bagnava ancora di più dell'orgasmo che mi aveva dato? Contava pure che mi avesse spinta contro la porta e palpeggiato la figa neanche fosse stata sua. Oleg aveva un lato da dominatore. Il mio ragazzone era ancora più grande a letto. Forse era il suo modo di parlare. Se appena il giorno prima mi avessero chiesto cosa mi piaceva, non l'avrei confessato mai e poi mai. Uscivo con musicisti. Artisti. Ragazzi rammolliti ed eloquenti che fumavano marijuana e filosofeggiano su ambiente e giustizia sociale. Cose a cui tenevo anch'io.

Uscivo con ragazzi come me. O come il mio non tanto piccolo fratellino. Una tipologia familiare. Ragazzi che sembravano adatti a me. Ai miei amici. Al mio stile di vita bohémien. Non come Oleg. Mai con russi giganti, tatuati, con maniere cavalleresche ma estremamente dominanti.

Ma avevo *adorato* come mi aveva toccata, cazzo.

Mi imbarazzava il fatto di aver cercato di convincerlo a fare sesso con me e mi irritava che avesse rifiutato.

Ed ero anche un po' arrabbiata perché non mi aveva lasciato il suo numero e non aveva chiesto il mio.

Ma ci sarebbe stato, la settimana successiva. Lo sapevo con certezza. C'era stato ogni settimana dell'ultimo anno. E per me.

E tutti quei pensieri su Oleg non negavano ancora quello più triste – ora che avevamo iniziato quel percorso, eravamo sulla strada della sua fine. Perché era così che mi andavano le cose. Non avevo relazioni a lungo termine. Non mi piaceva affidarmi alle persone perché avevo imparato dall'esperienza: mi avevano sempre deluso. I miei genitori mi volevano bene – profondamente – ma ero dannatamente sicura di non poter contare sulla loro presenza, ne avessi avuto bisogno. Mia madre era sempre stata un cazzo di disastro e mio padre era spesso risucchiato da feste e donne, come succedeva ora a Flynn. Io non l'avrei mai fatto.

Mi alzai dal letto felice di scoprire che non ero minimamente sbronza.

Avrei dovuto fare la doccia e fare colazione, ma tutto quello che avevo voglia di fare era prendere la mia chitarra. Oleg aveva solleticato la mia musa, e avevo bisogno di suonare. Forse anche di comporre, una volta tanto. Erano passati diciotto mesi da quando avevo scritto una canzone originale.

Mi infilai un paio di pantaloni del pigiama e gli stivali e mi buttai una giacca sopra quello che ancora indossavo dalla sera precedente. Le chiavi del furgone della band erano proprio accanto alla porta, perché Oleg era un *cazzo* di principe.

Lasciai l'uscio aperto e trottai giù per le scale fin fuori dal portone d'ingresso.

L'aria del mattino di marzo era gelida, e mi strinsi nella giacca mentre mi guardavo intorno in cerca del furgone. Lo trovai un mezzo isolato più giù. Quando ci arrivai, però, sussultai. Il cuore iniziò a battermi con un'ondata di adrenalina.

Oddio.

Cazzo, cazzo, cazzo.

Qualche fottuto stronzo aveva fatto irruzione nel furgone. Il portellone posteriore era leggermente socchiuso! Tutte le apparecchiature audio erano lì dentro.

E la mia chitarra! Flynn sarebbe andato fuori di testa. Io stavo andando fuori di testa.

Rabbrividendo, aprii lo sportello.

E trasalii una seconda volta.

«Oleg?» Oh mio Dio. Oleg era a faccia in giù sopra l'attrezzatura. Una delle gambe dei pantaloni era intrisa di sangue. Cavolaccio: era morto?

Gli toccai la caviglia e trovai la sua pelle fredda. Cristo, avrebbe potuto morire congelato nella notte.

O era morto davvero?

Mi lanciai dentro e strattonai il suo corpo massiccio, tirandogli il braccio e cercando di muoverlo.

Si agitò.

«Oh, grazie a Dio. Pensavo che fossi morto. Oleg?»

Alzò a malapena la testa, gemette. Non fui nemmeno sicura che mi avesse riconosciuta.

«Oh mio Dio. Cosa ti è successo? Devo portarti in ospedale.»

La proposta parve svegliarlo, perché si alzò all'istante, colpendo la testa sul tettuccio. Gemette e lo lasciai cadere su entrambe le mani, su un altoparlante.

«Dai, ti porto in ospedale.» Stavolta grugnì e scosse la testa in segno di diniego.

«No? Non vuoi andare?»

Il no fu molto enfatico, perché i suoi occhi iniettati di sangue incontrarono i miei e ne sostennero lo sguardo.

Non avrebbe proprio potuto essere più chiaro. Non voleva andare in ospedale.

«Perché no? Sei... un clandestino? Hai paura di essere espulso?»

Scosse di nuovo la testa e si mosse in avanti, inciampando giù dal furgone.

Scese su un ginocchio e poi di lato, su una spalla dolorante. «Oleg, stai sanguinando. Non so quanto sangue hai già perso. Devo cercare aiuto.»

No.

Riuscivo quasi a sentire la parola nella testa, tanto la esprimeva con forza. Faticò per rimettersi in piedi, scuotendo la testa. Lacrime di frustrazione mi affiorarono agli occhi. Non ero tipo da ignorare i desideri altrui, ma non ero nemmeno sicura che fosse in grado di prendere una decisione valida, in quel momento.

«Che cosa ti è successo?» chiesi di nuovo; un'idiozia, dato che sapevo che non poteva parlare.

Arrivai all'unica altra opzione sensata. «Devi entrare. Ce la fai?» Si fece avanti, ma gli cedette la gamba. Il viso si contorse in un'espressione di dolore evidente.

Guardò il tessuto intriso di sangue come sorpreso. Poi scansionò l'area, anche se non ero sicura che riuscisse nemmeno a mettere a fuoco.

Sbattei gli sportelli del furgone e li chiusi a chiave, poi mi avvicinai al suo fianco, tirandomi il suo braccio intorno alle spalle in modo da poterlo sostenere.

«Andiamo. Adesso saliamo a casa mia, ok?» Mi permise di condurlo nell'edificio.

Ci volle un'eternità per fargli salire tre rampe di scale. Ebbi quasi le lacrime agli occhi per tutto il tempo, perché provava parecchio dolore, gli sfuggiva un piccolo gemito a ogni dura spinta. Per fortuna nessuno dei vicini scelse quel preciso momento per salire o scendere, perché avrei avuto difficoltà a spiegare. E per certi versi avevo la sensazione che, qualsiasi cosa gli fosse successa, Oleg non avesse alcuna intenzione di mettere al corrente le autorità.

Quando arrivammo all'ultima rampa, Oleg perse l'equilibrio e finì con la faccia contro il muro. Gridai per lui e gli strinsi forte il braccio.

«Oleg, puoi farcela. Ci siamo quasi. È il mio piano. Ancora pochi passi.»

Zoppicò e io aprii la porta. «Vieni qui.» Lo portai in bagno. «Devo pulirti.»

Si appoggiò alla porta come debole. No, come se avesse le vertigini.

«Sei stato colpito alla testa?»

Si toccò la nuca con la mano e annuì.

«Oleg» gemetti. Stavolta le lacrime sgorgarono sul serio.

Alzò la testa quando tirai su con il naso, e la sua espressione si allarmò. Si allungò, il pollice mi asciugò una lacrima sulla guancia.

«No, va tutto bene. Sto solo piangendo per te. Non so cosa sia successo, e ho paura per te. E mi sento male per il fatto che tu stia soffrendo.»

Aggrottò allora le sopracciglia. Era ancora in affanno per la salita delle scale. Mi prese il viso in entrambe le sue mani e portò la fronte fino alla mia. Ansimammo insieme, il nostro respiro si fuse. La sua pelle era fredda contro la mia. Dio, doveva essere in ipotermia ormai!

Dopo un attimo, dopo che il respiro gli rallentò, premette le labbra sulla mia fronte.

Sbattei le palpebre rapidamente, lottando ancora contro al desiderio di piangere. «Togliamo questi jeans insanguinati.»

Gli sbottonai i jeans e tirai giù la cerniera. Appoggiò l'anca all'armadietto del bagno – probabilmente perché non riusciva a stare in piedi da solo – e me li lasciò tirare giù. Non sibilò né si tirò indietro quando arrivai alla ferita, ma ero sicura che facesse male.

Sembra mancare un pezzo di carne. C'era un buco nei jeans a quell'altezza. «Cos'è stato? Un proiettile?»

Oleg non confermò né negò col capo, ma fui sicura di

avere ragione. Non che avessi mai visto una ferita da arma da fuoco, ma non poteva essere altro.

«Sei stato fortunato, credo» gli dissi. Mi sembrava che il proiettile non avesse colpito nulla. Dubitavo che ce l'avesse ancora dentro. Sembrava che gli avesse appena sfiorato la gamba.

I jeans erano appiccicosi e rigidi per il sangue, il che li rese più difficili da rimuovere, ma riuscii a portarli ai piedi, poi lo aiutai a togliersi gli stivali in modo da poterli levare completamente.

«Ehm, sto pensando di farti il bagno per pulire il sangue e riscaldarti.» Guardai la ferita. Forse era una cattiva idea. «O è terribile?»

Si tolse giacca e camicia, il che significava che era d'accordo. Aprii l'acqua tiepida e sistemai il tappo, poi lo aiutai a togliersi la camicia. Il suo petto era stupendo, un fascio di muscoli solidi spolverato di peli e coperto di tatuaggi. Si insinuavano sul collo e lungo le braccia. Erano segni specifici. Una rosa sul petto. Una manetta su un polso. Un pugnale con delle gocce di sangue. Se non avessi saputo con assoluta certezza che Oleg non era un pericolo per me, avrei trovato il suo aspetto intimidatorio. Forse proprio quello che voleva.

Avrei voluto tracciare le linee di ogni disegno e scoprirne il significato, ma ora non era il momento. Agganciai i pollici al bordo dei boxer e li tirai giù, sul pavimento. Il cazzo di Oleg si allungò davanti ai miei occhi e cercai di ignorarlo. Era parecchio duro, ma non era il momento giusto.

Gli afferrai il braccione per aiutarlo a entrare nella vasca. S'immerse in acqua con attenzione, usando una mano per reggersi al muro, come se avesse di nuovo le vertigini, e poi lentamente affondò con un gemito.

«Oleg» sussurrai distrutta.

Non avrei mai potuto fare l'infermiera. Mi distruggeva dannatamente vederlo ridotto a quel modo. Mi sentivo stordita e frastornata solo a guardarlo affrontare il dolore. Come se il mio corpo sperimentasse lo stesso.

Appoggiò la testa all'indietro contro la piastrella e chiuse gli occhi. Non capivo se fosse svenuto o meno. Se dovessi svegliarlo. Non si diceva che con le commozioni cerebrali bisognava tenere la persona sveglia? Beh, ma l'avevo trovato privo di sensi nel furgone, quindi quel treno probabilmente era già passato.

L'acqua diventò rosa-arancio per via del sangue. Presi un asciugamano per pulirgli la gamba, asciugandogli delicatamente la ferita ma senza toccarla. Poi ci avrei versato dell'alcol.

Ero in ginocchio accanto alla vasca, presa dal cercare di capire cosa fare per lui quando mi piazzò la mano sulla schiena. Alzai lo sguardo e trovai i suoi occhi socchiusi. Mi accarezzò l'anca.

Mi stava tranquillizzando. O forse ringraziando. Difficile esserne sicuri. Non che avesse importanza, credo: l'energia era la stessa.

«Mi dispiace per quello che ti è successo» dissi, con la voce che sulla fine divenne roca. «Spero che non sia accaduto perché mi hai portata a casa.»

Scosse la testa e le sue dita mi strinsero il fianco.

«Sai chi è stato?»

Spostò lo sguardo sul muro di piastrelle. Stava ignorando la domanda. Avevo la sensazione che lo facesse spesso. Essere muto gli consentiva di rinunciare alla conversazione.

Un forte suono meccanico proveniente dal pavimento mi spaventò. Era il telefono di Oleg. La sua espressione si allarmò. Mi abbassai per prenderlo, pensando che avrebbe potuto essere importante, e lo trovai nella tasca dei jeans.

Lo schermo riportava una scritta in russo. «Lo vuoi?»

Me lo strappò dalla mano, e pensai ancora che dovesse essere importante, ma poi schiacciò il telefono contro il bordo della vasca tre volte fino a quando non si frantumò in decine di pezzi. Aprii la bocca e sobbalzai di nuovo per l'improvvisa violenza del gesto. Oleg se ne accorse e alzò le mani, come per dimostrare che non era una minaccia per me.

«Gesù» sussurrai, ancora scioccata. «Cosa sta succedendo?»

Mi afferrò la mano e la portò alle labbra, baciandomi dolcemente le dita prima di lasciarla andare. Era un ringraziamento. O forse delle scuse. Mi stava dimostrando che non ci sarebbe stata violenza nei miei confronti. Tirai la sua mano alla mia bocca e restituii il gesto.

«Ti prendo dell'ibuprofene, ok? Stai bene qui?»

Annuì.

Gli diedi una rapida occhiata, per sicurezza, e decisi che era troppo grande per annegare nella vasca anche se fosse svenuto mentre non c'ero, poi me ne andai.

Quando tornai gli portai un bicchiere di succo di mirtillo che avevo in frigorifero, perché probabilmente non metteva nulla nella pancia dalla birra della sera prima.

Sembrava essere svenuto di nuovo.

«Oleg?»

Non si mosse. La testa si inclinò di lato, come privo di sensi.

Posai il succo e l'ibuprofene sul ripiano; il mio cuore riprese velocità. «Oleg? Stai bene?» Gli misi una mano sulla spalla, con l'altra gli tenni il viso e lo sollevi in posizione verticale. Emise un verso, ma sembrava che gli ci volesse un grande sforzo per aprire gli occhi. Quando lo fece, ci volle un po' di tempo prima che si concentrasse sul mio viso. Gli controllai la parte posteriore della testa, dove si era strofinato prima. Non aveva un bozzo enorme, ma c'era un taglio di cinque centimetri, come se l'oggetto che l'aveva colpito, qualunque cosa fosse, gli avesse usato tanta forza da spaccargli la pelle nell'impatto.

Mi pareva di aver sentito che in caso di commozione cerebrale era bene avere un bozzo. La mancanza del bozzo rappresentava un problema. E non mi piaceva che lui non ce l'avesse.

Mi ripromisi di cercare su Google e anche di portargli un impacco di ghiaccio. E l'alcol.

«Ecco qui. Ce la fai a prendere l'ibuprofene?»

Tesi la mano fino alla sua bocca per darglielo.

Non si mosse.

«Apri la bocca» gli ordinai.

Continuò a non muoversi.

«È solo ibuprofene, vedi?» Aprii il palmo per mostrargli le tre pillole. «Ho del Tylenol, se preferisci.» Aprì un po' le labbra. Non a sufficienza perché riuscissi a infilargli in bocca le pillole.

«Di più, Oleg.» Aprì la sua mascella un po' di più e lo shock mi scosse il corpo come un fulmine. Improvvisamente capii perché non voleva aprire la bocca, e mi trovai a balbettare come una bambina.

A Oleg mancava la lingua.

Oddio.

Parte della lingua. Sembrava che gliel'avessero tagliata a metà. *Ecco* perché non poteva parlare. Tutto ciò che riuscii a fare fu non manifestare lo shock. Non cadere in ginocchio e piangere per lui. Ma trattenni i singhiozzi e gli feci cadere le pillole in bocca, poi gli diedi il bicchiere di succo. Gocciolò un po' sul pavimento quando alzò la mano per prendere il bicchiere, poi ne buttò giù l'intero contenuto.

«Ne vuoi ancora? O vuoi qualcosa da mangiare?»

Scosse la testa. Aveva già chiuso gli occhi.

«Ehi, lascia che ti tiri fuori da lì prima che tu svenga di nuovo. Non mi piace l'idea che tu te ne stia sdraiato nell'acqua fredda.»

Aprì gli occhi, ma non si mosse. Mi tirai indietro la manica e infilai la mano nell'acqua per togliere il tappo.

C'era il suo sedere davanti. Feci scorrere il palmo della mano intorno alla curva. «Spostati.» Si mosse con un gemito e io levai il tappo. «Ok, ora voglio che esci di lì. Ti prego, dimmi che puoi alzarti.»

Appoggiò la testa all'indietro contro il muro e chiuse gli occhi.

«Oleg. Riesci a uscire dalla vasca?»

Annuì senza aprire gli occhi.

«Scusa. Voglio solo farti entrare nel mio letto prima che tu svenga di nuovo. Va bene?»

Un altro cenno.

Sempre a occhi chiusi.

«Ti prego…»

L'acqua schizzò quando si mosse bruscamente. Fu come se per muoversi stesse mobilitando tutta la sua forza.

Si tirò in piedi pesantemente, appoggiandosi di nuovo al muro con la mano. Feci scivolare il tappeto da bagno per intercettare il punto in cui il suo piede avrebbe toccato terra e poi saltai accanto a lui, in modo che potesse appoggiarsi a me se ne aveva bisogno. Riuscì a non cadere, grazie a Dio. Presi un telo dal portasciugamani. «Aspetta solo un secondo.»

L'asciugai in fretta, facendo attenzione a non fargli perdere l'equilibrio. Lui si teneva al muro; la sua espressione era una maschera di stoicismo. Feci il lavoro a metà, ma era meglio che non bagnasse il letto. Gli avvolsi l'asciugamano intorno alla vita e poi gli cinsi saldamente la schiena. «Ok, ti porto in camera mia.»

Lo feci entrare e caddi sul letto con lui, cercando di farlo stendere. Rotolò su un fianco e gemette. Mi raggomitolai di fronte a lui, fissando la sua espressione dolorante, senza alcuna voglia di lasciarlo.

Mi guardò osservarlo. Il tempo si allungò. Rimase fermo. Non so per quanto tempo restai lì. Molto tempo dopo che i suoi occhi si chiusero, e lui svenne. Chiusi la mia mano nella sua, tenendogli le dita, desiderando di sapere cosa fare.

CAPITOLO TRE

Oleg

Mi svegliai poco sicuro di quanto tempo fosse passato. Scostai le coperte e cercai di sedermi. Aspettai che la stanza smettesse di girare e lo stomaco rovesciarsi prima di concentrarmi e guardarmi intorno. Ero nudo, ma avevo una benda di garza sulla gamba che copriva la ferita e i miei vestiti erano piegati ordinatamente su una sedia. Story a un certo punto doveva avermi curato e lavato i vestiti. Mi infilai la maglietta, cadendo quasi a terra dall'agonia quando sfiorai col colletto il livido sulla testa. Indossai con calma i boxer, non fidandomi ancora della mia capacità di stare in piedi.

Probabilmente ero privo di sensi da almeno ventiquattr'ore, considerando che mi ero svegliato durante la notte e ora c'era di nuovo luce. Ed era mattina quando Story mi aveva trovato. Credo.

Story. Era entrata e uscita dalla stanza per portarmi altro ibuprofene e altro succo. Avevo un vago ricordo di lei sdraiata accanto a me durante la notte, ma poteva essere solo una fantasia. Ogni volta che mi svegliavo la solita adrenalina mi scorreva nelle vene, la mia normale agitazione dell'esistenza si ravvivava, ma poi mi ricordavo dove mi trovavo: non ero in prigione né nella mia stanza, ma nell'appartamento di Story, e la parte più agitata dentro di me si calmava.

Stare vicino alla mia piccola *lastočka* – il mio passerotto – leniva una vita di lotte.

Sapevo che non sarebbe durata. Sapevo che non sarei potuto rimanere lì per sempre. Avevo bisogno di capire chi mi stava alle calcagna e cosa volesse. Di eliminarli.

Avevo distrutto il telefono pensando che avrebbero potuto metterci un tracker, anche se nei momenti più lucidi mi rendevo conto che non erano così sofisticati. Non erano come la cellula bratva del mio *pachan* Ravil. Dubitavo fortemente che avessero qualcuno come Dima, che sapeva hackerare qualsiasi cosa. O un risolutore come Maxim.

Non sembravano organizzati né high-tech.

Erano degli idioti criminali impreparati al lavoro che erano stati mandati a fare.

Non ero però abbastanza stupido da pensare che chi li aveva mandati la prossima volta non avrebbe corretto il proprio errore. E questo mi portò a un'epifania. Mi stavano aspettando.

Il che significava che avrebbero potuto sapere dove viveva Story. No... forse no.

Avrebbero aspettato fuori dalla porta.

Il furgone.

Dovevano aver seguito il furgone. Il mio cervello era così fottutamente sfocato che era difficile pensarci. Forse li avevamo seminati nel traffico e poi l'avevano rivisto dopo che avevo parcheggiato?

Doveva essere così.

Mi lanciai giù dal letto e un grido rauco mi uscì dalla gola. Maledizione. Odiavo fare rumore.

Story si precipitò lì dalla sua piccola zona giorno e mi trovò alla porta della camera. Era a piedi nudi, splendida coi leggings e un lungo maglione rosa polvere che le ricadeva giù da una spalla esponendo la pelle pallida e le delicate clavicole. Non aveva messo il suo solito eyeliner pesante e il trucco da palcoscenico, e col viso pulito era ancora più seducente.

«Che c'è? Stai bene?»

Mi guardai intorno selvaggiamente alla ricerca delle chiavi del furgone. Ogni mossa della testa faceva girare l'appartamento. Il martellamento nel cranio mi faceva venire voglia di tagliarla via dal collo. Scorsi la sua borsa vicino alla porta e la indicai.

Story guardò alle sue spalle.

«Che c'è?»

La superai, inciampando quando il pavimento sprofondò e i miei piedi sembrarono scivolare via dalla superficie. Mi tenni al divano e andai avanti.

Quando raggiunsi la borsa ci rovistai dentro, sollevato quando vi trovai le chiavi.

Le tenni in mano e indicai fuori. «Vuoi che ti porti da qualche parte?»

Bljad'.

Scossi la testa.

«Vuoi guidare?» chiese dubbiosa.

Annuii. Dovevo spostare il furgone. Ma muovere la testa mi fece salire un'ondata di nausea in gola. Benissimo. Avevo le vertigini e adesso dovevo anche vomitare.

«Ecco!»

Story corse a prendere un quaderno e una penna, che mi portò.

Maledizione.

«Scrivilo» mi incoraggiò.

Odiavo me stesso per non essermi mai preoccupato di imparare l'alfabeto latino. Ravil pretendeva che i suoi parlassero solo la lingua del posto nell'attico. Voleva che tutti nella sua cellula comunicassero alla perfezione, perché ci mimetizzassimo ed evitassimo discriminazioni. Molto logico. Ma io ovviamente ero esente dal parlarlo, quindi mi ero anche reso esente dall'imparare a scriverlo. Stupido, stupido errore.

Frustrato, strappai la penna e scrissi in russo: «Sposto il furgone.»

Fissò le parole. «Merda. Sai scrivere solo in russo.»

Anuii.

Se non avessi rotto il mio telefono avrei potuto trovare un'app di traduzione, ma ormai…

«Cazzo!»

Presi la penna e disegnai una terribile versione del furgone e della strada. Poi qualche altra strada. Tracciai una linea dal furgone lungo la strada e per alcuni isolati e poi feci una X.

«Vuoi spostare il furgone.»

Il sollievo si riversò attraverso di me. *Gospodi*, ma come aveva fatto a capirlo? Giurai che mi leggesse nel pensiero. Era magica.

Le strinsi entrambe le spalle per dimostrare quanto fosse importante e annuii.

«Capito.» Mi prese le chiavi di mano, poi agguantò il cappotto dall'appendiabiti vicino alla porta. Le presi il braccio e scossi la testa, indicandomi il petto. Non potevo far spostare il furgone a lei. Cosa sarebbe successo se là fuori ci fosse stato qualcuno?

«Tu non vai da nessuna parte, riesci a malapena a stare in piedi» mi disse. «Torno subito. Lascia che ti porti al divano.»

Dannazione. Non potevo lasciarla andare al posto mio.

Mi allungai verso le chiavi, ma lei si mosse fuori dalla mia portata e la stanza prese a girarmi intorno.

«Ok, vado prima che tu ti uccida cercando di fermarmi. Torno tra un minuto.»

Gemetti e mi diressi verso la finestra per guardare fuori. Fui sollevato quando lei ebbe messo al sicuro il furgone e ne smontò.

Solo allora trovai la strada per il divano, dove collassai e mi venne la nausea. Il divano era vecchio ma comodo. L'appartamento di Story era bello. Non elegante ma molto confortevole. Era un vecchio edificio. I soffitti erano alti con modanature vecchio stile e i pavimenti in rovere. Avrebbero potuto essere più rifiniti, ma erano in buono stato. C'erano vere e proprie opere d'arte alle pareti. Non costose, ma un assortimento casuale di dipinti, fotografie e poesie incorniciate. Come fosse stata in convivenza con gli artisti che avevano contribuito ad arredarle casa.

Story tornò quindici minuti dopo e gettò borsa e cappotto sull'appendiabiti vicino alla porta.

«Fatto. Vuoi qualcosa da mangiare?»

Scossi la testa.

«Non mandi giù niente oltre al succo da ventiquattr'ore. Penso che tu debba provare a mangiare.»

Non risposi. A casa raramente comunicavo con i miei fratelli di cellula. Erano abituati alle mie espressioni vuote e non si rivolgevano a me a meno che non fosse importante. Sasha, la nuova moglie del nostro risolutore Maxim, ci provava a volte. Ma quella situazione con Story era fottutamente dolorosa. Continuava a fare domande, a guardarmi in attesa di risposte. A tentare di comunicare.

Scatenò in me la rabbia e la frustrazione che pensavo di aver sepolto molto tempo fa, in prigione. Dopo essermi svegliato senza lingua, incastrato per un crimine che non avevo commesso.

Story andò in cucina, che in realtà consisteva solo in una parete della zona giorno con una zona bar per la colazione per due a separare lo spazio. Aprì il frigorifero e vi rovistò dentro, e alla fine tornò con un contenitore di yogurt al limone che aveva aperto e cosparso di muesli.

«Ti piace lo yogurt? Ai russi dovrebbe piacere lo yogurt, giusto?» rabbrividì come se avesse appena detto qualcosa di stupido, quindi lo accettai, anche se non avevo alcun interesse a mangiare. Ne presi qualche boccone prima di posarlo sul tavolino anni Settanta.

«Ho lezione tutto il pomeriggio» disse Story. Sembrava scusarsi, quindi faticai a capire cosa mi stava dicendo.

«Intendo qui, in salotto.»

Grugnii e mi buttai giù dal divano per rimettermi in piedi. Mi faceva così male la testa che non riuscivo a vedere dritto, ma arrancai verso la camera e miracolosamente atterrai al centro del letto.

Non riuscivo a mettere insieme i miei pensieri abbastanza bene da decidere se avrei dovuto usare il telefono di Story per scrivere a Ravil. Ero quasi sicuro che il mio *pachan* e i fratelli di cellula non avessero nulla a che fare con quella merda. Non mi avrebbero mai venduto. Non ne avevano motivo.

Ma non sapevano che avevo lavorato per Skal'pel'. Che avevo visto i volti delle persone con cui aveva operato, prima e dopo. E se lo avessero scoperto, avrebbero potuto non perdonarmi l'omissione. Il mio lavoro era partito nella direzione opposta alla bratva di Mosca, dove aveva avuto origine la maggior parte dei miei fratelli bratva. Alcuni clienti di Skal'pel si nascondevano da Igor Antonov, il *pachan* ora deceduto. Il padre di Sasha. Li avevo aiutati a cambiare identità e scomparire. Avrei potuto riconoscere i loro nuovi volti. Avrebbero potuto pagarmi un sacco di soldi per quelle informazioni... o uccidermi per farmi tacere.

Mi ero spesso chiesto perché fossi ancora vivo. Perché Skal'pel' mi avesse scaricato in una prigione invece che in una cassa di cedro.

Un mistero che mi perseguitava. Per tanti anni avevo aspettato che accadesse altro. Che qualcuno si presentasse a finire il lavoro.

E sembrava che finalmente così fosse.

Quindi, anche se la mia cellula non mi avesse abbandonato per quello che avevo fatto, non potevo far ricadere quella merda su di loro. Non era un loro problema. Dovevo gestirla da solo.

Così avevo deciso, comunque, prima che il martellamento alla testa mi facesse svenire di nuovo.

STORY

Oleg dormì nella mia camera da letto tutta la mattina e il pomeriggio. Gli cambiai la medicazione alla ferita, versandoci sopra dell'acqua ossigenata. Per fortuna non sembrava così male – non che avessi esperienza in ferite da arma da fuoco. Ma non era profonda e sembrava più una bruciatura da attrito che altro.

Ero più preoccupata per la presunta commozione cerebrale.

E per la situazione di merda nella quale si trovava.

Era gravemente ferito e non avevo idea di chi l'avesse aggredito né di cosa fosse successo. Si presentarono allievi di musica per tutto il pomeriggio, e io nascondevo nella mia camera da letto un ragazzo ferito alle cui calcagna magari c'era qualcuno.

Cosa sarebbe successo se fossero venuti per lui? Era

decisamente fuori combattimento. Avrei dovuto proteggerlo io, e non sapevo nemmeno se ne ero capace. La violenza non era proprio nelle mie corde.

E poi c'era una preoccupazione molto più piccola ma comunque realistica: cosa sarebbe successo se avesse avuto bisogno del mio aiuto mentre davo lezione? Sarebbe stato poco professionale e difficile da spiegare cosa ci facesse un gigante sanguinante e con le vertigini in camera mia.

Fortunatamente dormì per tutte le lezioni di chitarra che diedi nel pomeriggio. Avevo già visto cinque studenti abituali quando se ne presentò uno nuovo: Jeff Barnes. Avevo percepito un'atmosfera un po' inquietante con lui al telefono. Mia madre mi aveva detto centinaia di volte che non le piaceva che dessi lezioni a casa mia, ma non avevo scelta. L'affitto di uno studio musicale avrebbe fagocitato ogni centesimo guadagnato con le lezioni, che usavo per pagare l'affitto e per la spesa.

Durante la telefonata aveva fatto il disinvolto, neanche fossimo stati amici. Aveva buttato lì alcuni nomi di persone che conoscevo e aveva detto che gli piaceva guardare gli Storyteller esibirsi. Sembrava entusiasta. Avevo pensato che volesse entrare nella band o nei miei pantaloni. Ma cinquanta dollari erano cinquanta dollari, e con le lezioni ci pagavo l'affitto, quindi avevo preso l'appuntamento. Non avevo percepito un atteggiamento pericoloso da parte sua, e neanche adesso che l'avevo incontrato lo percepivo.

Ma era fastidioso. Sicuramente non era venuto per imparare la chitarra. Si comportava come se sapesse già tutto quello che stavo cercando di insegnargli anche se non era così, e continuava a cercare di chiacchierare invece di imparare.

Finita la sua mezz'ora, misi giù la chitarra. «Ok, tempo scaduto.» Non proposi una data per un'altra lezione perché non mi era piaciuto insegnare a lui. Se me lo avesse chiesto lui, bene. Ma non avevo alcuna intenzione di inserirlo in una programmazione regolare.

Non accennò affatto ad alzarsi dal divano.

Prese invece un sacchettino dalla tasca della giacca e si mise a rollare uno spinello.

Porca puttana.

Non avevo in programma altri studenti dopo di lui perché erano già le sei e mezza – l'ora di cena – ma lui che ne sapeva. Magari avrei potuto mentirgli.

«Vuoi un tiro?» mi offrì dopo aver fatto scorrere la lingua lungo il bordo della cartina.

«No, sono a posto. Senti, ho dei programmi per cena, quindi...»

«Sì.» Ma lo stronzo non colse l'invito. Premette l'accendino e se l'accese nel mio salotto. Non ero una piantagrane. Avevamo delle conoscenze in comune e non volevo essere completamente scortese. Mi alzai e iniziai a pulire la cucina per essere più esplicita nel mio invito. Girai la testa e lo vidi osservarmi con gli occhi serrati.

Argh. Decisamente inquietante.

E poi dietro di lui, sulla porta della camera da letto, apparve Oleg. Si era messo i jeans ed era ancora pallido, ma la sua attenzione era focalizzata sulla nuca di Jeff, e l'espressione era mortale. «Ehi, tesoro» cinguettai brillantemente per richiamare l'attenzione di Jeff sulla presenza di Oleg.

Il tizio si girò di scatto con sorpresa, tossendo per il colpo che si era appena preso. Oleg incrociò le braccia sull'enorme petto. Era gigantesco e sembrava in grado di staccargli la testa dalle spalle con una mano. Mi accorsi, ma solo perché lo sapevo, che era anche strategicamente appoggiato contro lo stipite per mantenere l'equilibrio. Era lì per me, proprio come faceva sempre ai miei spettacoli quando decidevo di scalarlo come una struttura per arrampicarsi o di farmi portare in giro sulle sue spalle.

Sempre pronto a prendermi quando mi tuffavo giù dal palco. Arricciai il naso verso Jeff scusandomi. «Al mio ragazzo non piace molto che i ragazzi rimangano dopo la lezione.» Non avevo mai visto uno muoversi così velocemente. Jeff infilò l'erba nella tasca e chiuse la fatiscente custodia della chitarra. Volò fuori dalla porta con un solo lato della custodia chiusa e trascinando per terra la giacca che portava sotto il braccio.

Non appena la porta si chiuse, risi e saltai verso Oleg, sollevandomi in punta di piedi per dargli un bacetto sulla guancia. «Grazie» feci le fusa. «Sei un'ottima guardia del corpo.» Abbassò ancora le sopracciglia, sempre minaccioso verso la porta.

«Se ne sarebbe andato, se gli avessi detto di farlo» lo rassicurai, intuendo i suoi pensieri. «Ma ora non si tratterrà mai più.» Ricompensai Oleg con un grande sorriso.

Oleg lanciò un altro sguardo torvo alla porta.

«Lo so, lo avresti picchiato per me se avessi avuto bisogno di te, giusto?»

Trascinò l'indice sulla gola. Un brivido mi corse lungo la schiena, perché alla minaccia ci credetti davvero. Per quanto mi sembrasse gentile e affidabile, per quanto lo vedessi come il mio personale orsacchiotto gigante, avevo tutte le ragioni di credere che fosse un criminale, e pericoloso anche. I tatuaggi raccontavano una storia di violenza. E frequentava un gruppo di russi che avevano tutti tatuaggi come il suo. Si trattava di mafia russa, probabilmente. Non volevo nemmeno sapere in che tipo di crimini erano coinvolti. Insomma, l'avevo trovato con una ferita da arma da fuoco nel retro del mio furgone.

«Ok, non sarà necessario» gli dissi, seria ora.

Sembrava comunque pronto a uccidere.

«Seriamente. È bello sapere che, ehm, sei disposto a uccidere per me, ma non lo vorrei. *Mai.*»

Stavo cercando di essere il più chiara possibile a riguardo.

Oleg sembrò cogliere il tono, perché un lampo di incertezza sostituì l'espressione mortale e si passò una mano tatuata sul viso ispido.

«È questo il tuo lavoro?» Chissà dove trovai il coraggio di chiederglielo. Non ero sicura di voler sentire davvero la risposta. Portai i polpastrelli a toccare il punto del suo sterno in cui avevo visto il tatuaggio del pugnale. «È questo che significa il tatuaggio, giusto?»

Mi fece un solo cenno di assenso.

Maledizione. Mi attraversò un violento brivido. Non avrei proprio voluto saperlo.

«È per questo che ti hanno aggredito? Ti stanno seguendo?»

Puntò la testa di lato, considerando la mia domanda, poi la scosse. Ok, quindi non era stato aggredito come vendetta per un omicidio.

Buono a sapersi. Ancora una volta, ero stata stupida a chiederlo. Meno sapevo di Oleg e dei suoi crimini, meglio era. Per la seconda volta, un'ondata di rimpianto mi attraversò per aver conosciuto meglio Oleg. Sicuramente non era il tipo di ragazzo adatto a fare il fidanzato – non che io durassi più di un mese o due con i fidanzati, comunque. Ora eravamo diretti verso la fine della cosa, e non volevo che finisse. Né che cambiasse.

Solo che era una bugia. Perché non ero stata in grado di smettere di pensare al modo rude in cui Oleg mi aveva presa – che poi non mi aveva nemmeno *presa*–presa! Ma sentivo ancora le sue mani su di me. Il modo in cui mi aveva spinta contro il muro e aveva maneggiato la mia figa come se la possedesse. Il modo in cui mi aveva strappato le calze a rete per arrivare alla mia pelle. Quella fame esplicita che aveva. Il dominio.

Ne desideravo di più. Volevo sicuramente andare a fondo. Volevo tutto il sesso che potevo ottenere prima che finisse. Ma sarebbe finita, doveva essere così.

La fine era scontata con chiunque, e la professione di Oleg la rendeva una certezza. Il che era un peccato. Perché mi piaceva come mi sentivo con lui. Come se potessi essere me stessa.

Completamente. Senza filtri.

Con lui era facile. Anche senza poter comunicare.

Mi piaceva Oleg. Premetti il corpo contro il suo, chiedendo un abbraccio. Come sempre, mi diede quello che chiedevo. Gli morsi il pettorale gigante, solo perché era tanto invitante. Mi sorprese afferrandomi i capelli e tirandomi indietro la testa. Abbassò la bocca lento, guardandomi attentamente, come se stesse cercando segni di dispiacere. Avvicinai le labbra. Mi sfiorò la bocca due volte, poi mi morse il labbro inferiore. Poi le sue dita mi lasciarono i capelli per prendermi la parte posteriore della testa, tenendomi ferma per un vero bacio. Un bacio esigente.

Mi mancava la lingua – il cuore mi sanguinava per Oleg e la sua lingua ferita – ma anche senza di essa fu un bacio migliore di quello che avevo avuto da qualsiasi ragazzo, senza dubbio. Era per l'energia che c'era dietro. Per quel desiderio crudo e brutale. Per quella sensazione di essere sia rivendicata sia onorata allo stesso tempo. Mi rendeva le ginocchia deboli.

Sfortunatamente, aveva lo stesso effetto su Oleg. No, probabilmente era la commozione cerebrale. Inciampò e interruppe il bacio per reggersi al muro. «Va bene. Meglio che ti sdrai. Ma sei in debito con me» lo avvertii. Inclinò la testa, come se avesse bisogno di una spiegazione. Feci scorrere le mani sul suo petto e giù per gli addominali scolpiti.

«Avrò bisogno di un po' di questo prima che tu te ne vada.» Oleg mi tirò per la nuca fino al suo viso e mi diede un bacio morbido ed esplorativo. Razzi di calore schizzarono ovunque.

Lo volevo ora, ma sapevo che era impossibile.

Quando si scostò, gli portai entrambe le mani al viso. «Riesci a mangiare ancora un po'?» Esitò, poi scosse la testa e tornò in camera da letto.

«Ti porto altri antidolorifici» gli dissi. Non capì le mie parole, ma quando gli portai l'ibuprofene prese le pillole obbedientemente e bevve l'intero bicchiere di succo, come le altre volte.

Respinsi l'ansia strisciante che mi diceva che avrei dovuto portarlo in ospedale.

~

Oleg

Il profumo di Story mi circondava. Sognai di sfregarmi contro il suo culo, con una mano che possessivamente le copriva il seno.

No, non era un sogno.

Sbattei le palpebre alla luce del mattino. Ero nel letto della mia piccola *lastočka* con un'erezione furiosa tra le sue gambe come un missile alla ricerca di calore che entrava alla base. Era sveglia. Lo sapevo perché spingeva contro il mio grembo e gemeva dolcemente.

Le pizzicai e le strofinai il capezzolo tra il pollice e l'indice, fino a tirarlo in un picco rigido. La mia mano era sotto la sua canottiera; a quanto pareva era sempre stata lì. Il cazzo ce l'avevo ancora nelle mutande, per fortuna.

Non avevo mai desiderato così tanto parlare. Erano

passati quattordici anni da quando mi avevano tagliato la lingua, e fu in quel momento che ne soffrii di più. Perché avevo ogni tipo di parole sporche che mi nuotavano nella testa, e non avevo un modo per farle uscire. Per comunicare con lei. Assicurarmi che volesse ciò che io volevo darle.

Ma prima me l'aveva detto, no? Aveva chiarito ciò che voleva. Le morsi il collo e le infilai la mano lungo la pancia e nei pantaloni del pigiama. Aprì il ginocchio per me. Inspirai quando con le dita accarezzai oltre la sua setosa pista di atterraggio per posarmi sulla sua fessura. Non indossava le mutandine ed era calda e bagnata per me. Feci scorrere un polpastrello attraverso i suoi succhi, trascinandoli fino a un turbine intorno al clitoride. Si irrigidì e si allungò sotto il mio tocco. Il ricordo di averla fatta venire mi rese più duro della pietra. Avevo voglia di fare con calma ora, ma temevo che non sarei stato tanto accorto. Non con la testa ancora dolorante e una resistenza così bassa.

Le presi la gola con l'altra mano e tirai la testa indietro, verso la mia spalla, mentre facevo scivolare il dito sul suo sesso, ascoltando i suoi piccoli sussulti e lamenti.

Vuoi che ti tocchi qui? Per farti venire? O hai bisogno del mio cazzo? avrei voluto poterle chiedere, cazzo.

Ma non potevo, quindi usai le dita per compiacerla. Girai intorno fino a quando non si dimenò, i suoi piccoli piagnistei sempre più disperati, poi le avvitai un dito dentro. Adorai il modo in cui le sue gambe si chiusero e la sua mano premette giù, sopra la mia.

«Hai le dita grandi come i cazzi di alcuni ragazzi» gemette. Adorai che parlasse sporco, ma menzionare i cazzi altrui mi fece venir voglia di uccidere ogni ragazzo con cui fosse mai stata. «Stavolta non mi resisterai, no?» Scosse i fianchi portando il mio dito più in profondità.

Ah, cazzo.

Ora ci stava arrivando.

Feci scivolare il dito fuori e mi sedetti. Anche Story si sedette.

«Che c'è?»

Ok, stavo cercando la forza di alzarmi dal letto per prendere il preservativo. Ma ricordavo che aveva messo il mio portafoglio sul comodino quando mi aveva lavato i jeans. Io lo indicai e lei lo prese.

«Preservativo?» disse senza fiato.

Adoravo che mi leggesse nel pensiero.

Presi il portafogli, lo aprii e tirai fuori il preservativo.

«Lascia che ti aiuti.» Mi spinse sulla schiena. Nascosi un sussulto quando la nuca colpì il cuscino. Era troppo affascinato dalla mia *šalun'ja* – la mia cattiva ragazza – per preoccuparmi del dolore. Mi cavalcò le gambe, strappando l'involucro del preservativo aperto con i denti.

Tirai l'orlo della sua canottiera due volte e sollevai il mento. Mi dimostravo esigente, ma capivo bene che le piaceva perché un sorriso cattivello le arricciò le labbra: se la tolse facendola passare da sopra la testa e la gettò a terra.

Ah, che tette gloriose... i capezzoli erano pallidi – di pesca – e dolci, rendendo la vista del suo seno un regalo inaspettato. Mi tirò giù le mutande per liberare l'erezione e avvolse la mano intorno alla base.

«Wow.» Sembrava impressionata. «È, ehm, decisamente più grande del dito.»

Alzai la mano per fare un paragone e lei sorrise, con lo sguardo che indugiava sul mio viso. «Non mi aspettavo che tu fossi così...»

Rimasi immobile, preoccupato di quello che stava per dire.

«...*aggressivo*. È stato bollente.»

Mi ci vollero un paio di secondi per superare l'idea che fosse una lamentela. Non avevo intenzione di essere così dominante, ma era stato difficile trattenere tutto il desiderio represso che provavo per lei. Story era la mia ossessione da molto tempo.

Ma sentire che le era piaciuto, che lo voleva, fece ruggire il motore dentro di me accendendomi. Qualunque fosse la resistenza che temevo di non avere comparve.

Avrei potuto scoparla tutta la notte, se fosse stata notte.

Cosa che non era.

Abbassò la testa e fece scivolare la bocca sulla cappella del mio cazzo. La testa quasi mi esplose di piacere. E dolore. Ma il *piacere...* gemetti ad alta voce, sorprendendomi perché generalmente cercavo di impedirmi di emettere qualsiasi suono. Story fece scivolare la bocca verso il basso e verso l'alto di nuovo, dandomi la pelle d'oca su tutto il corpo. Fissò lo sguardo sul mio in osservazione del caos che provocava prendendomi in bocca ancora e ancora. Era troppo. Avevo aspettato troppo a lungo quel momento senza mai crederci veramente. E cazzo, non avevo intenzione di venirle in bocca. Non quando mi aveva detto chiaramente che voleva che glielo dessi duro.

Mi afferrai il cazzo, cosa che la fece spostare. Le tolsi i pantaloni del pigiama. Avrei voluto mettere la bocca sulla sua figa gocciolante, ma avevo più fiducia in quello che potevo fare con il cazzo. Non avere una lingua per compiacerla mi aveva ucciso l'ultima volta, cazzo. Si potrebbe pensare che dopo così tanto tempo avessi accettato il mio destino. Non ero un cazzone che si piangeva addosso, ma Story risvegliava il bisogno di essere molto più di quello che ero stato negli ultimi anni: a malapena un mezzo uomo.

Si appoggiò sugli avambracci per guardarmi srotolare il preservativo. Le piacevo aggressivo, così le afferrai le cosce e la tirai al centro del letto, mostrandole la mia forza. La sua risata soffocata ne valse la pena. «Ooh, ecco il paparino.»

Paparino. Non conoscevo abbastanza la cultura pop americana per essere sicuro di capire l'appellativo, ma al senso ci arrivavo. Era la mia *šalun'ja*, e io ero responsabile di lei. Il ragazzo che l'avrebbe scopata fino a farla urlare.

Mi posizionai tra le sue cosce aperte e strofinai la cappella incappucciata sopra la sua fessura. Avevo bisogno di stare dentro di lei come un orso ha bisogno del primo pasto dopo l'inverno, ma mi costrinsi a spingere lentamente, sapendo che ero grande e lei una piccola fatina.

Si inarcò, la testa ricadde all'indietro mentre spingeva i fianchi verso l'alto per portarmi più in profondità.

Bljad'.

Ne voleva di più? Gliel'avrei dato. Le ingabbiai la gola con la mano. Non strinsi affatto, nemmeno un po', ma la posizione stessa era dominante. Le tenni la gola e spinsi il cazzo dentro con forte slancio.

«Oh mio *Dio*.» La bocca di Story si spalancò, il corpo ondeggiò sotto il mio, rispondendo alla spinta.

Mi feci indietro, poi mi inarcai di nuovo con forza, impedendole di scivolare con la mano intorno alla gola. Il suo nucleo si contrasse intorno al mio cazzo. Con la mano libera le pizzicai il capezzolo e poi le strinsi il seno perfetto.

Andai lento e forte per un po', punteggiando i colpi con una pausa per farle sentire tutta la lunghezza, perché si abituasse a me. Ma entrambi sentimmo presto il bisogno di avere di più. Story iniziò a venirmi incontro, aggrappandosi ai miei fianchi per tirarmi dentro prima, così accorciai i colpi e aumentai il ritmo, appoggiando una mano contro il muro dietro la sua testa per sostenermi. «Oleg» ansimò. «Oh mio Dio, sì. Oleg.»

Sentirla implorare il mio nome mi mandò l'ego in una

marcia trionfante prima ancora che fosse finita. La parte più umana di me, morta e raggrinzita, si accendeva un po' di più ogni volta che ammiravo il suo bel viso da dea.

Story. Avrei voluto invocarne il nome. La mia *lastočka.* Mi spostai per sollevarle le gambe fino alle mie spalle, tenendole la parte anteriore delle cosce in modo da poter andare più in profondità. Le sue grida diventarono più forti e più frequenti, quasi un flusso costante di vocalizzi. Mi fermai e inarcai un sopracciglio. *Ti piace,* šalun'ja?

Sculacciami, paparino. Ricordando le sue urla quando l'avevo messa sopra la mia spalla sabato sera, lo tirai fuori e la capovolsi a pancia in giù, dando a ogni natica un forte schiaffo. «Ooh!» Inarcò la schiena come un gatto, offrendomi il culo. Le assestai altri due schiaffi prima di tornarle dentro, e lei gemette di soddisfazione.

La tenni per la nuca e la cavalcai da dietro, glorificandola in ogni delizioso e vertiginoso colpo.

La stanza piombò giù e poi galleggiò, ma per l'estasi e non per il dolore. Niente sembrava così giusto come essere dentro Story.

Le accarezzai la schiena con i polpastrelli della mano libera. Ammirai il tatuaggio di un ombrello che aveva sulla scapola. Afferrai una manciata del suo culo. Le tenni l'anca. Le allargai le natiche per arrivare al suo bel buchino e lei emise uno sbuffo di incoraggiamento frenetico e confuso. Non durò a lungo. Altri quattro colpi e poi venne, le gambe si raddrizzarono e scattarono, le pareti interne mi strinsero il cazzo come un pugno.

La scopai più forte e più velocemente per raggiungere il mio traguardo, che fu immediato. Mi tuffai in profondità e rimasi lì, infilando la mano sotto i suoi fianchi per strofinarle il clitoride e tirarle fuori il resto del suo orgasmo. Funzionò. La attraversò un altro tremore gigantesco e i muscoli pulsarono di nuovo, spremendo più sperma nel preservativo. Scintille di luce mi danzarono dietro gli occhi. Uscii e mi rovesciai di fianco, con la testa a pezzi ma il cuore e lo spirito – cose che credevo morte da tempo – che si libravano come dei cazzo di aquiloni.

Story, avrei voluto mormorarle nell'orecchio. La mia bella Story. Il mio usignolo pazzo, selvaggio, cattivo. Che cazzo di privilegio era essere nel suo letto.

Mi accontentai di un brusio morbido. Il suono che esprimeva come mi faceva sentire. Riuscii a togliere il preservativo e gettarlo nel cestino vicino al letto prima di chiudere gli occhi e svenire di nuovo.

～

STORY

ERO APPENA USCITA dalla doccia e mi stavo vestendo quando bussarono alla porta. Oleg era svenuto sul letto, poverino.

Povero lui, fortunata me. Era uno stallone pazzesco. Era stato di gran lunga il miglior sesso che avessi mai fatto. Non per chissà quali tecniche speciali ma solo per… Oleg. Adoravo sentirne la forza e il potere. La rudezza e il dominio dei suoi movimenti. Eppure non mi ero mai sentita così al sicuro con un ragazzo. Lui era affidabile. Veniva a ogni spettacolo. Si sedeva in prima fila con l'energia di un buttafuori o di un protettore. Non ero mai nervosa quando mi toccava. Sapevo che se glielo avessi detto si sarebbe fermato. Potevo rilassarmi e divertirmi.

Mi infilai il maglione e corsi alla porta. Nessuno aveva suonato il citofono al piano di sotto, il che significava che doveva essere un vicino. Sperai che non volesse lamentarsi della nostra sessione di sesso mattutino. Non che fossimo stati così rumorosi... o io sì invece? Avevo la gola piuttosto irritata.

Aprii la porta, ma quando vi vidi i due tatuati la socchiusi immediatamente per mostrare solo il viso. «Sì?»

«Ehi, Story» disse quello dai capelli castani. «Sono Maxim, un amico di Oleg. Lui è Pavel.» Indicò il suo amico biondo. «Ci siamo conosciuti al tuo spettacolo. Mia moglie Sasha ti ha parlato: ti ricordi, la rossa?»

«Ah sì.» Ricordavo il ragazzo e la sua simpatica moglie, e non sembrava minaccioso, ma non sapevo chi avesse ferito Oleg e lui aveva rotto il telefono come avesse avuto paura di essere rintracciato. Inoltre, non sapevo come avessero fatto quei ragazzi a trovare me e casa mia.

«Scusami se mi sono presentato qui. Ma non vediamo Oleg da sabato sera, e ci chiedevamo se sai qualcosa. Era allo spettacolo sabato?»

Scossi velocemente la testa. «No.»

Inclinò la testa, come capendo che stavo mentendo.

«Voglio dire, sì, era allo spettacolo, ma non so dove sia andato dopo. Insomma, non l'ho visto.» Accidenti, che bugiarda terribile. Avevo il fiatone e parlavo troppo velocemente. Maxim strinse gli occhi. Cercò di scrutare oltre di me, e quando lo fece rilassò le spalle.

«Oleg, che cazzo!»

Mi girai, e mi ritrovai Oleg alle spalle. Si era tirato su i jeans, ma era senza camicia e non aveva le scarpe. Certo che da quelli lì non si nascondeva mica. Fui pervasa dal sollievo.

Fui improvvisamente felicissima di avere qualcuno con cui condividere il peso della difficile situazione di Oleg. «È stato aggredito. Gli hanno sparato» mi sfogai, arretrando in modo che potessero entrare.

«Cosa?» Maxim scrutò rapidamente Oleg.

«È stato colpito alla testa e alla gamba» indicai il buco

nei jeans. Avevo lavato via il sangue, ma l'intera zona della coscia era ancora macchiata.

«Cazzo.» Maxim disse qualcosa di conciso in russo a Pavel, che s'incupì.

«Grazie per esserti presa cura di lui.»

«Non devi ringraziarmi.» Ero leggermente offesa. Certo che mi ero presa cura di lui. Era un mio amico.

Oleg barcollò verso la camera da letto e Pavel lo seguì, non offrendogli aiuto ma rimanendogli vicino.

«Sai chi lo ha aggredito? Hai visto cos'è successo?»

Scossi la testa. «No. Mi ha portata a casa col mio furgone. La mattina dopo l'ho trovato nel retro, sanguinante e con una ferita alla nuca.»

Oleg ricomparve con camicia e stivali addosso.

«Dove cazzo è il tuo telefono?» chiese Maxim. Mi irritai un po' per come gli parlava, ma mi mise anche a mio agio. Era ovvio che si fidavano l'uno dell'altro. C'era un rapporto stretto. Come quello che avevo io con Flynn e i ragazzi della band.

Oleg non rispose. Beh, certo che no, ma non cercò affatto di comunicare. Avevo notato che lo faceva anche con me, quando gli andava. Era come se non ci provasse nemmeno.

«L'ha distrutto» spiegai, anche se non ero sicura che Oleg volesse che lo dicessi. Maxim lo fissò, come nel tentativo di risolvere l'enigma. «Va bene» disse, come in riflettendo. «Ti riportiamo a casa, bello.»

Oleg guardò Maxim e puntò la testa verso di me.

Maxim tirò fuori il portafoglio e prese tutti i soldi che c'erano. Forse più di qualche centinaio di banconote da un dollaro. Piegò la mazzetta a metà e me la porse tutta, pizzicata tra l'indice e il medio. «Grazie per esserti presa cura di Oleg.»

«Cosa?» Respinsi le banconote, offesa. «Non l'ho fatto per i soldi.»

Oleg apparve allarmato dal mio tono. Le sue sopracciglia salirono e guardò attentamente il mio viso.

«No, no, no» disse Maxim addolcendosi. «Non volevo darle l'aria di una transazione.» Allungò la mano libera in un gesto di pace. «Per nulla. So che l'hai fatto perché ti interessa Oleg.»

Mi calmai un po'.

«Ma Oleg vuole che ci prendiamo cura di te. Ti prego, accettali.» Allungò di nuovo il braccio verso di me.

Esitai. Ero ancora un po' offesa. O forse non mi piaceva che Oleg se ne andasse. Se ne stava andando, e io non avevo il suo numero né sapevo quando lo avrei rivisto.

Non era affatto da me. Di solito ero io a fuggire dalle relazioni.

I miei occhi si surriscaldarono improvvisamente e sbattei le palpebre rapidamente. Non avevo ancora preso i soldi. Odiavo di parlare con Maxim invece che con Oleg.

Ma perché?

Perché Oleg lasciava che il suo amico parlasse per lui? E perché se ne stava andando con loro? Aveva intenzione di dirmi addio?

Mi fece incazzare. Incrociai le braccia sul petto. «Allora lascia che me li dia Oleg» lo sfidai. Maxim si girò quindi puntò il braccio verso Oleg. Le sopracciglia scure di Oleg si abbassarono. Strappò i soldi dalle dita di Maxim e li gettò sul mio tavolino come nella spazzatura. Entrò direttamente nel mio spazio, coprendo la parte posteriore della mia testa; la sua bocca scese sulla mia prima ancora che avessi il tempo di respirare. Di pensare.

Le lacrime mi scesero dagli angoli degli occhi mentre ricevevo il suo bacio. La sua mano sulla mia vita, il suo pollice che mi copriva la guancia. Quando si scostò, appoggiò la fronte contro la mia e rimase lì. Fece quel leggero verso che faceva dopo il sesso. I suoi amici lasciarono l'appartamento, stazionando sul pianerottolo per darci privacy.

«Non farmi questo» sussurrai, con il dolore che mi crepava voce.

Si allontanò, con gli occhi preoccupati che studiavano il mio viso.

«Non voglio un intermediario tra di noi» gli spiegai, perché ovviamente non era sicuro di cosa stessi parlando. Si paralizzò, quasi come se lo avessi scioccato.

Come se non fosse consapevole del suo relegarsi sullo sfondo all'apparizione dei suoi amici.

Annuì e piegò la testa per darmi un bacio morbido, una pressione delle labbra sulle mie. Non volevo che se ne ansasse. Assurdo quanto non lo volessi. Anche se sapevo che la cosa non poteva andare da nessuna parte. Sapevo che proseguire avrebbe portato solo dolore, e infine all'atto finale. Tuttavia mi aggrappai a lui. Gli avvolsi le braccia intorno alla schiena e premetti il mio corpo contro il suo in un abbraccio.

«Guarisci presto» dissi, con la voce roca. Che sciocchezza da dire. Non comprendeva un quinto di quello che avrei voluto dirgli. «Verrai al mio spettacolo?»

Gesù.

Ora facevo proprio l'appiccicosa.

Si bloccò di nuovo, il che mi disse che non pensava che sarebbe venuto, ma poi annuì. Mmm. Non gli credevo proprio.

Ma aveva qualcuno alle calcagna. Forse doveva nascondersi.

Forse non lo avrei mai più rivisto.

Gli tirai la manica mentre si girava.

«Oleg...»

Si girò, ancora con espressione allarmata.

«Ci sarai? Vero?»

Fece un respiro lento e poi annuì.

Espirai.

«Stai attento» dissi, perché ora mi sentivo in colpa per avergli chiesto di venire allo spettacolo quando era ovviamente in pericolo.

Annuì e mi afferrò la mano, stringendola. Continuavo a non volere che se ne andasse. Ma i suoi amici si agitavano per il corridoio, e mi accorsi del rigonfiamento di una pistola nella tasca della giacca di Pavel, e ricordai che non appartenevo al suo mondo. Il che significava che lui non poteva rimanere nel mio.

«Addio» dissi velocemente, voltandomi dall'altra parte per fingere di star bene. Perché stavo bene. Avevo avuto molte esperienze strane nella mia breve vita. Ero in una band e molti dei miei amici facevano uso di un sacco di droghe. Quella non sarebbe diventata che un'altra storia folle. O forse avrei finalmente scritto le canzoni che da un po' mi sfuggivano.

E perché allora soffrii tanto il senso di perdita quando Oleg uscì dalla porta?

CAPITOLO QUATTRO

Oleg

Salii sui sedili posteriori della Tesla di Maxim.

«Dagli il tuo telefono» abbaiò Maxim a Pavel.

Pavel mi porse il telefono, e Maxim porse il suo a Pavel mentre metteva la macchina in moto e partiva.

«Chi è stato?» chiese Maxim.

La mia testa palpitò, ed ero ancora tutto agitato per aver sconvolto Story. Maledizione. Facendola pagare da Maxim non intendevo certo offenderla. Mi aspettavo solo che facesse e dicesse le cose giuste lui, perché io non potevo dirle da solo. Volevo prendermi cura di lei. Ed ero sicuro che i soldi potevano esserle utili. Avevo fatto i conti a mente. Non poteva fare più di ottocento a settimana con le lezioni di chitarra. Non male, ma non era mica ricca. Maxim invece sì. Ed era stato anche dolce, le aveva detto tutte le cose giuste, eppure lei si era incazzata comunque. Non voleva che parlasse per me.

Ero ancora scosso fino al midollo dalla cosa. Come colpito al centro del torace, col cuore esposto proprio dove batteva. Non mi ero mai sentito così vulnerabile in vita mia.

E ancora non sapevo cos'avrei detto a Ravil e agli altri.

Avrei voluto ignorare Maxim, ma sapevo che non mi avrebbe mollato, quindi scrissi i dettagli.

Tre. Parlavano russo. Li ho battuti e me ne sono andato.

Non gli dissi che mi volevano vivo.

Né che ne sapevo la ragione.

Pavel lesse il breve testo ad alta voce per Maxim. Per me non era breve. Era più lungo di quello che partorivo di solito in qualsiasi scambio.

«Sono i tre che Dima ha rintracciato nel Paese.» Maxim colpì il cruscotto. «Chiama Dima e digli di inviarmi le foto.»

Ricordai che Maxim aveva fatto impostare a Dima un software di tracciamento per segnalare qualsiasi persona di interesse proveniente da i voli russi perché temeva che qualcuno della bratva di Mosca potesse cercare di uccidere Sasha a causa dei suoi milioni.

Se le teste di cazzo che sabato avevano cercato di catturarmi erano arrivate di recente, Dima le avrebbe beccate.

Non erano della bratva, ma avrebbero comunque attirato l'attenzione.

Pavel chiamò, e pochi istanti dopo il telefono di Ravil ronzò per i messaggi in arrivo. Li aprii, poi annuii a Pavel. Maxim mi vide nello specchietto retrovisore. «Cazzo!» esclamò. «Sapevo che sarebbero stati un problema. Hanno chiesto o detto qualcosa?»

Scossi la testa pulsante. Il polso mi accelerò. Maxim credeva che il problema fosse Sasha. Non avrei dovuto permettergli di crederlo. Avrei dovuto fare chiarezza sul mio passato. Ma avrei dovuto farlo già due anni prima, quando Ravil mi aveva portato all'ovile. Non potevo farlo ora senza che mi vedessero tutti come un traditore. «Se ne sono andati tutti e tre?» chiese Pavel. Che in realtà intendeva: *gli avevo fatto male davvero?* Purtroppo no.

Feci spallucce e annuii.

E per fortuna, questo pose fine all'interrogatorio. I ragazzi erano così abituati al fatto che non concedessi nulla che non insistettero. Maxim aveva sentito quello che aveva bisogno di sentire. Avrebbe protetto la sua sposa e messo in atto sistemi per localizzare quei tizi. Per eliminare la minaccia. Il che avrebbe funzionato a mio favore, ovviamente.

Finché il mio inseguitore non avesse mandato un'altra squadra.

Il telefono di Maxim squillò e il nome di Dima comparve sullo schermo. Dima era il nostro hacker. Non c'era nulla che quel ragazzo non potesse hackerare o programmare.

Restituii il telefono a Maxim poiché ovviamente non potevo rispondere. «Erano loro» confermò Maxim. «Ho la posizione» tagliò corto Dima, tutto affari. L'organizzazione di Ravil era fluida e ordinata, efficiente. Pavel era stato nell'esercito russo. Ravil e Maxim erano strateghi di livello geniale. Nikolaj, il gemello di Dima, era un bookmaker. Io ero quello con i muscoli. Il sicario. Ma eravamo una squadra, i raggi di una ruota. «Scrivimelo.»

Maxim si girò per guardarmi. «Ti va bene se facciamo una deviazione? Non devi entrare.»

Certo che no. Avrei dovuto vomitare non appena la Denali si fosse fermata e avevo un bisogno disperato di un antidolorifico, ma ovviamente annuii. Uccidere quei fannulloni era la massima priorità. Come mi sentivo io era totalmente irrilevante.

Maxim guidò nel traffico. Aprii la portiera a un semaforo rosso per vomitare, e lui imprecò in russo.

«Forse dovremmo prima riportarlo indietro» disse

Pavel. Aveva la pistola sulle ginocchia, il silenziatore già attivato.

Ritirai la testa nel veicolo e sbattei la portiera, poi agitai la mano con impazienza con un'espressione corrucciata. Pavel alzò le spalle. «Va bene. Vuole venire.» Non si trattava di un tragitto lungo. Arrivammo in un hotel e Maxim parcheggiò. Si girò per guardarmi, avvitando un silenziatore all'arma. «Torniamo fra dieci minuti, ok, O.?» Annuii.

«Li farò pagare per quello che ti hanno fatto.» Non risposi.

Non me ne fregava un cazzo se soffrivano o no. Stavano solo lavorando. La mia vera preoccupazione riguardava chi c'era dietro.

Tornarono dopo sette minuti. Maxim si guardò allo specchietto per pulirsi alcuni schizzi di sangue dal viso prima di riporre l'arma sotto il sedile e partire.

Pavel se ne rimase tranquillo al suo posto per alcuni minuti prima di chiedere: «Non pensi che avremmo dovuto scoprire chi li aveva mandati, prima di ucciderli?» Un muscolo sul viso di Maxim si irrigidì.

Era protettivo in modo folle quando si trattava di Sasha. Aveva influenzato il suo processo decisionale sulla situazione.

«Ci stavano aspettando. Se non avessimo sparato per primi, ora saremmo morti. Inoltre, stiamo inviando un fottuto messaggio. Chiunque si avvicini a mia moglie affronterà una morte rapida.»

Pavel mi lanciò un'occhiata per vedere se fossi d'accordo con lui.

Certo, ero grato che non avessero ottenuto nulla da loro, altrimenti ora avrei potuto avere una di quelle pistole puntate alla testa. Quindi feci spallucce.

Mi era andata bene. Avevo bisogno di quegli stronzi

fuori dai giochi e lontani da Story. Il resto della merda avrei potuto affrontarlo dopo.

~

STORY

Sintonizzai la chitarra elettrica e poi provai dei giri di accordo in rapida successione per riscaldare le dita. Era venerdì pomeriggio e gli Storyteller erano alla Lounge per la prova settimanale. Se non fosse stato per Rue che ci permetteva di esercitarci lì durante il giorno gratuitamente, non sarebbero esistiti gli Storyteller. Ecco perché il Rue's Lounge sarebbe stato sempre la nostra base. La gente a volte mi chiedeva perché non cercavamo di espanderci: tenere concerti in altri posti, cambiare le sedi degli spettacoli.

Avremmo potuto. Avremmo potuto anche fare più soldi. Magari costruirci un seguito maggiore. Ma il Rue ci aveva lanciati. Avevamo aumentato la nostra base di supporto qui. Eravamo fedeli alla proprietaria come lei lo era a noi. «Dov'è la set list?» Mi chiese Flynn.

La gente pensava che fosse la mia band a causa del nome, ma in realtà era di Flynn. Flynn e i suoi amici si erano riuniti dopo il liceo, avevano formato una band e poi si erano resi conto di aver bisogno di un cantante. Pensavano che una femmina li avrebbe resi molto più cool di una band maschile. Naturalmente il mio nome si adattava facilmente a quello di una band.

Forse era anche la mia band. Insomma, ero la sorella maggiore e la guida creativa. Ma non la pensavo mai in questo modo. Credevo fortemente nella collaborazione. Era lì che avveniva la magia. Con gli Storyteller spesso mi sentivo solo di passaggio. «Allora, cos'è successo con Boris il silenzioso sabato sera?» chiese Flynn.

Girai di scatto la testa per fulminarlo, insolitamente su di giri. «Non chiamarlo così.» «Quello lì sembra proprio in grado uccidere a mani nude e senza sudare» disse Lake.

«Penso che l'abbia fatto sul serio» concordò Ty.

«Se non avessi visto il modo in cui guarda Story, avrei avuto paura a morte di lui.»

Flynn mi stava guardando, però. Allungò la bocca in un ampio sorriso.

«Quindi hai finalmente siglato l'accordo con la tua guardia del corpo russa, eh?» Aveva quel suo tono canzonatorio che mi fece irritare ancora di più.

«Stai zitto. Non fare l'idiota.» Ora non sembravo proprio me stessa.

Dannazione.

Mi guardarono tutti con interesse. Non era da me agitarmi tanto.

Ero molto volitiva, seguivo l'energia e prendevo le cose come venivano. Ma negli ultimi quattro giorni, da quando gli amici di Oleg erano venuti a prenderlo, erano stati una tortura. Infinitamente lunghi. Pieni di domande. Vuoti. Ero preoccupata per Oleg. Ma soprattutto aver accolto Oleg a casa mia aveva cambiato qualcosa in me.

Mi mancava. Desideravo trascorrere altro tempo con lui.

Cose assolutamente non da me.

E questo mi faceva desiderare disperatamente di tornare al prima. A fluttuare nella vita senza che mi fregasse un cazzo di nulla. Soprattutto non di un ragazzo. «Aspetta.» disse Flynn improvvisamente serio, studiandomi con preoccupazione.

«È successo qualcosa di brutto?»

Ora lo chiedeva, lo stronzo.

Proprio un bel momento per curarsi improvvisamente

del mio benessere, quando era stato lui ad andarsene con due ragazze e a dirmi di farmi accompagnare da Oleg.

«No!» Gli lanciai il plettro.

Lo schivò, con il suo sorriso da pirata che gli cresceva sul viso. «Oh mio Dio... ti piace molto questo qui!»

«No!» mi beffai di lui. Sicuramente di *questo* non avrei parlato.

Non avrei ceduto al boomerang relazionale a cui nostra madre ci sottoponeva da bambini. L'innamoramento. La rottura. Il lutto. L'immergersi nella depressione. I controlli negli istituti mentali. Un ciclo infinito di cuori pieni e spezzati. Lei e mio padre si separarono e tornarono insieme nove volte quando ero piccola. Quando alla fine aveva divorziato da lui perché era un bastardo imbroglione, avevamo pensato che le cose si sarebbero calmate, ma non era andata così. Aveva ricreato lo stesso dramma con una serie di uomini nuovi.

Io non ero come lei. Ero l'opposto. Uscivo con uno. Trovavamo una connessione. Le cose si facevano strane. Sperimentavo una spinta interiore, un'irrequietezza che mi diceva di chiudere tutto prima che si andasse oltre. Flynn era un puttaniere totale. Io no. Non andavo solo alla ricerca sesso. Desideravo ardentemente una vera connessione. Avevo bisogno di piacere al ragazzo, di sentire la scintilla, di trovarlo divertente e intelligente. Ma non lo so, dopo alcuni mesi mi veniva una specie di prurito e mi sentivo in gabbia. Trovavo sempre qualcosa che mi facesse venire voglia di farla finita.

Dahlia, la nostra sorellina, era l'unica dei tre che sembrava saper stare in una relazione duratura. Lei e il suo fidanzato del liceo avevano frequentato lo stesso college del Wisconsin e stavano ancora andando alla grande.

«Aspetta un attimo... allora è successo qualcosa?» Non voleva proprio mollare. Che voglia che avevo in quel momento di dargli un bello spintone sul sedere col mio stivale.

Tutti e tre i miei compagni di band mi fissarono in attesa. Non mi avrebbero lasciato schivare questa domanda.

«Sì!»

Mi sorrisero tutti come degli scemi.

«E...?» sollecitarono.

Ero abbastanza sicura che lui e Ty avessero sempre voluto avere una connessione con me, ma sapevo di non avere alcun interesse e anche che Flynn li avrebbe presi a calci in culo da lì a Tokyo.

«Perché adesso fate le *ragazzine*?» chiesi. «Da quand'è che racconto a voi la mia vita sessuale?»

«Siamo maschi. Questi sono argomenti da spogliatoio. Sei tu quella che sta con i maschi, Story» mi ricordò Flynn.

Era vero. Solo per impostazione predefinita della quantità di tempo trascorso insieme, quei ragazzi erano diventati i miei migliori amici.

Avevo davvero bisogno di uscire di più.

Pensiero che ne produsse istantaneamente degli altri, riguardanti Oleg. Perché era lui che aveva cambiato il mio ritmo.

Mi aveva buttata fuori dal mio gioco. Aveva lasciato un senso di vuoto e desiderio nella sua scia da cui stavo avendo difficoltà a riprendermi.

Avevo iniziato a scrivere una canzone, però. Una canzone calda, del tipo che ti sbatteva contro il muro. Ma non ero ancora pronta a rivelarlo.

«È stato bollente» ammisi.

«Ma davvero» Ty cercò di fare il disinvolto, ma nella sua voce emerse un trillo che manifestava una certa delusione.

«*Blister in the Sun*» dissi per mettere a tacere l'argomento e iniziare le prove. Attaccai con l'inizio della canzone delle Violent Femmes sulla chitarra. «Aspetta.» Ty si affannò per recuperare le bacchette, quasi perdendosi. E poi iniziammo. La musica. La cosa che tutti adoravamo. Era la nostra dipendenza e la nostra vita. Chissà perché, ma all'improvviso non sembrava abbastanza.

CAPITOLO CINQUE

Story

Non era venuto.

Scrutai il pubblico del sabato sera per l'ottava volta, alla ricerca del mio gigante russo.

Non c'era. Non potevo crederci.

«Come state stasera?» chiesi alla folla, fingendo di essere entusiasta di stare con loro. C'era già un discreto pubblico composto dai nostri clienti abituali, che ci diedero il benvenuto con un applauso dal vigore troppo entusiasta. «Story! Ti amiamo!»

Risi al microfono. «Vi amo anche io.»

Non avevo voglia di suonare la set list che avevo messo insieme. Da Rue di solito suonavamo un mix di cover e pezzi originali.

Avevamo abbastanza canzoni nostre per fare uno spettacolo interamente originale, e lo facevamo quando venivamo scritturati in altri posti, ma suonando nello stesso posto ogni sabato ci servivano nuovi brani. Alla gente piacevano i mash-up. Si entusiasmava.

Le mie dita suonarono alcune note sulla chitarra elettrica.

Flynn rise dolcemente al microfono. Riconobbe la canzone prima ancora che la suonassi. Maledizione. Era *Paint it black* dei Rolling Stones.

Non ero così delusa dall'assenza di Oleg. Ma la scelta della canzone diceva diversamente. Feci spallucce e proseguii anche se il resto della band non sapeva cosa diavolo stessimo facendo. Noi due eravamo cresciuti ascoltando la classica cover band rock di nostro padre. Era per quello che avevamo un enorme repertorio da cui attingere.

Ty e Lake si inserirono abbastanza velocemente mentre accennavo la mia versione della canzone, cosa che fece impazzire il crescente pubblico, forse perché capì che la stavamo improvvisando sul momento. Alla gente piaceva far parte dello spettacolo. Pensare di conoscerti. Come fossimo amici. Mi impedii di dare un'occhiata al tavolo dove avrebbe dovuto essere. Quello preso da un gruppo di clienti abituali che riconobbi.

Per certi versi quando se n'era andato avevo capito che stasera non sarebbe venuto, eppure la sua assenza mi trafisse l'intestino. Probabilmente si stava ancora riprendendo. Aveva le vertigini, non poteva guidare. La testa gli faceva troppo male per ascoltare musica ad alto volume.

Lo sapevo bene, erano tutte spiegazioni perfettamente ragionevoli per giustificarne l'assenza, ma le mie emozioni andavano in tilt. Quelle non erano affatto ragionevoli. Mi sentivo nuda e bisognosa, da quando se n'era andato. Ero preoccupata per lui. E ora che scoprivo che non c'era – cosa che ero sicura di dover affrontare – mi sentivo abbandonata. Era esattamente quello il motivo per cui non mi piaceva fare affidamento sulle persone. I miei mi avevano insegnato la lezione molto bene. Mi volevano bene, ma avevano i loro demoni. Esserci come io avevo bisogno che ci fossero non rientrava nei loro programmi. Ma Oleg... era affidabile. Come un orologio, ogni sabato veniva.

Mi aveva detto che sarebbe venuto.

Sapevo che non poteva chiamare. Il suo telefono era ancora a pezzi nel cestino del mio bagno. E non mi aveva mai chiesto il numero.

Altra cosa che mi infastidiva. Avrebbe potuto provarci. Ma non scriveva nel mio alfabeto. L'avevo dimenticato. Argh! Che usassi tanto spazio cerebrale per lui quando ero nel mezzo della mia performance mi fece incazzare.

Tornai alla playlist pianificata, e terminammo la prima parte dello spettacolo in modo impeccabile. A me parve tutto piatto, ma il pubblico non sembrò accorgersene. Semmai era più chiassoso del solito. C'era un'atmosfera festosa e allegra nel locale, eppure provavo disagio, come se fossi osservata. Non la piacevole sensazione di quando mi osservava Oleg. Qualcosa di più sinistro. Scrutai il posto e vidi un ragazzo con la barba trasandata e un bomber di pelle in piedi nell'angolo che sembrava fuori posto. Non sorrideva né parlava con nessuno. E mi stava fissando in modo raccapricciante. Era il tipo che non avrei mai lasciato entrare in casa per una lezione di chitarra. Mi ritrovai a desiderare che Oleg fosse lì a fingere di nuovo di essere il mio ragazzo.

Il mio vero ragazzo, mormorò una vocina nella mia testa, ma resistetti all'idea. Perché i veri fidanzati non duravano, e io volevo che Oleg rimanesse nei paraggi.

Rue mi salutò da dietro il bar mentre scendevo dal palco per una pausa. Avevo conosciuto la proprietaria con la cresta tramite un amico comune quando gli Storyteller erano giusto agli inizi. Ci aveva invitati a suonare. Si erano divertiti tutti, quindi ci aveva invitati a suonare ancora. E presto eravamo scritturati per un concerto al mese, e poi per uno a settimana. Il Rue si era trasformato con noi: il nostro pubblico era diventato il suo e viceversa.

Era un pubblico trendy, eclettico, etero e gay in parti uguali, ben disposto, con un piccolo giro di droghe.

Il venerdì sera davano uno spettacolo di burlesque che era diventato un appuntamento speciale.

Attraversai la folla diretta verso di lei, accettando congratulazioni e saluti mentre mi muovevo, fino a quando non arrivai al bar e un cliente abituale scivolò giù dallo sgabello per offrirmi il suo posto. «Accomodati. Mi stavo comunque alzando» mi disse.

Rue mi porse una bottiglia d'acqua. «Siete su di giri stasera»

«Davvero?» Non mi sembrava. Non era sempre così. Le volte in cui mi impegnavo di più erano quelle in cui il pubblico rimaneva a fissarmi. O peggio, mi ignorava. Ma le notti in cui andavo in automatico tutti ci amavano.

«Dov'è il tuo più grande fan?» Rue sollevò il mento verso il solito tavolo di Oleg. «Quel ragazzo enorme e silenzioso che ti guarda come se volesse mangiarti per cena?»

Mi ritrovai a guardare verso la porta, come se Oleg potesse presentarsi da un momento all'altro.»

«Non so dove sia.»

Ovviamente non le avrei spiegato che il mio più grande fan faceva probabilmente parte della mafia russa e che la settimana precedente gli avevano sparato fuori dal mio appartamento.

Ironico come niente di tutto ciò mi agitasse lo stomaco tanto quanto il bisogno di rivederlo. Era quasi come se il corpo mi facesse male dal bisogno di essere in sua presenza. Volevo sedermi sulle sue ginocchia. Sentire le sculacciate della sua mano sul culo. Il peso e la durezza di quel corpo grande e forte contro il mio, di nuovo.

E che non fosse venuto… dimostrava che fare sesso con lui era stato un errore.

Oleg avrebbe dovuto essere la parte affidabile nella mia vita. Il ragazzo che si presentava sempre, puntuale come un orologio. L'unica costante del mio caotico universo.

Ma ora avevamo fatto sesso, ed era finita. La costante era diventata incostante.

Rue tornò a preparare drink e io mi sedetti, evitando chi cercava di attaccare bottone. Rimasi lì a lungo che Flynn venne a prendermi per proseguire lo spettacolo, il che era strano perché di solito ero io a inseguire i ragazzi per tornare sul palco. Salii sul palco, lanciai un ultimo sguardo funesto verso la porta e iniziai la seconda parte del concerto.

~

Oleg

Locale chiuso. Non potevo crederci, cazzo. In nove mesi non avevo perso più di uno spettacolo del sabato sera al Rue, ed era stato per il matrimonio di Maxim e Sasha. Me ne rimasi in auto nel parcheggio per guardare la porta sul retro. Il furgone della band era parcheggiato lì, così come la Smart di Story, quindi sapevo che erano ancora dentro. Avrei aspettato solo di vederla salire in sicurezza nella sua auto.

Avevo passato la maggior parte della settimana a letto, a guarire. E quella sera... avevo solo esagerato, cazzo. Nel pomeriggio mi ero sdraiato per riposare la testa dolorante, senza sognarmi minimamente che non mi sarei svegliato in tempo per andare allo spettacolo di Story. Non avevo impostato la sveglia perché non pensavo che ne avrei avuto bisogno. Mi sarei fatto perforare un polmone prima di perdermi uno spettacolo.

Ma quando mi ero svegliato, zuppo di sudore e con la testa annebbiata e dolorante, era già mezzanotte. Ero dovuto scattare per fare una doccia veloce e venir fin lì. Non avrei dovuto farlo. Non avevo idea di chi mi stesse mettendo degli uomini alle calcagna né di come mi avessero rintracciato la prima volta. Me ne sarei dovuto andare prima di mettere in pericolo la mia *lastočka*. Ma sembrava che lei mi volesse davvero, e il pensiero di deluderla mi uccideva.

Sbattei le palpebre, cercando di schiarirmi le idee.

Story uscì da sola. Aveva le spalle ricurve e andava veloce all'auto. Non era da lei: di solito era circondata da amici e fan. Ragazzi e ragazze che volevano scoparla. Amici che la trovavano figa. Persone che la volevano ai loro after-party per farli decollare. Quella sera non sorrideva. Non era seguita dalla folla. Dannazione.

L'avevo delusa.

Come se mi avesse sentito, girò la testa e guardò proprio verso il mio parabrezza. C'era un'espressione di accusa nel suo sguardo. Come se fosse incazzata perché non ero venuto. Il pensiero mi attraversò, raddrizzandomi la colonna vertebrale, gonfiandomi il petto.

Saltai fuori dalla Denali prima ancora di pensarci, ma le cose andarono subito di traverso. Un ragazzo con un bomber e la barba incolta emerse da un angolo buio dietro di lei.

«Sali in macchina o la tua ragazza è morta.» Parlò in russo per me. Teneva una pistola puntata alla testa di Story. Alzai lentamente le mani. Mi guardai intorno. Una macchina accelerò e si fermò tra me e il *mudak* che era con Story.

Vidi un ragazzo alla guida e un altro sul sedile del passeggero. Aprii lentamente la portiera posteriore della macchina. Non perché volessi entrare, ma per controllare quanti uomini avrei dovuto uccidere.

Era vuoto. Facile. Dovevo solo aspettare che allontanasse la pistola dalla testa di Story. Non avrei corso alcun rischio, per quanto riguardava lei.

Avrei aspettato fino a quando non fossimo stati in macchina per ucciderli entrambi.

Solo che lo stronzo sembrava sapere cosa contasse per me, perché afferrò Story per il braccio e la portò in macchina. «Entra» abbaiò nella sua lingua ma con un forte accento straniero. Non si mosse per aprirle la portiera.

Lei mi guardò con il panico negli occhi, e io cercai di infonderle calma. Non avrei permesso che la prendessero. Per nessun cazzo di motivo. Mi sarei sacrificato in un batter d'occhio prima di permettere a qualcuno di torcerle un capello.

E naturalmente era su quello che puntavano. Ero sicuro che il piano fosse di torturare Story per farmi cantare. Per farmi rivelare l'identità di ogni singolo cliente con cui aveva avuto a che fare Skal'pel. Maledizione!

Come potevo lasciare che la coinvolgessero in quella merda?

Story tirò la maniglia.

Afferrai la mia pistola, tenendola nascosta dietro la schiena.

I nostri sguardi si incrociarono sul sedile posteriore.

Avevo solo bisogno del momento giusto.

Di una distrazione.

Che la pistola fosse lontana da Story.

La mia bella, coraggiosa rondinella mi lesse nel pensiero. Scagliò la custodia della chitarra nella pancia del rapitore. Presi la mira dal sedile posteriore, poi sparai al ragazzo su quello del passeggero.

Afferrai la gola del conducente. Gli spezzai il collo.

Chiusi la portiera sul retro e pulii le mie impronte dalla maniglia. Correndo dall'altra parte, spinsi il corpo del rapitore di Story sul sedile posteriore, chiusi la portiera e cancellai anche quelle impronte. Story era indietreggiata, con lo shock ancora congelato sul suo viso. Aveva gli occhi due volte più grandi del solito. Cazzo!

Le indicai la Denali, pregando che non provasse a scapparmi, ma con mio sollievo si precipitò verso il suv e ci salì. Si fidava ancora di me. Anche dopo quello che aveva appena visto.

Abbassai il finestrino del conducente dell'auto dei rapitori, misi in moto e spinsi il piede del conducente verso il gas. Poi sterzai dal finestrino per farla uscire dal parcheggio del Rue. Quando arrivai nel vicolo, puntai l'auto verso il fondo della strada, correndo con essa per mezzo isolato fino a quando non fui sicuro che avrebbe continuato ad andare dritto su una strada principale.

Mi girai per controllare i fari dietro di me, ma erano della mia Denali, con al volante Story.

Brava la mia ragazza.

Le corsi incontro, spalancando la portiera del conducente mentre lei si arrampicava sul lato passeggero, acrobatica come sempre.

Mai avevo avuto tanto bisogno di parlare. Mi allungai e presi la mano di Story nello stesso momento in cui decollai via, in retromarcia lungo il vicolo e a luci spente fino a quando non fummo fuori dal quartiere.

Il fatto che non avesse ancora parlato mi spaventava di brutto. Ero sicuro che fosse sotto shock. Non potevo dire quanto fossi fottutamente grato del fatto che fosse entrata nella Denali di sua spontanea volontà.

Perché altrimenti avrei dovuto costringerla. Story non era più al sicuro. Questo era chiaro. Non sapevo se avevo appena eliminato la vera minaccia o solo un'altra banda di mercenari. Gli occhi di Story erano spalancati e il respiro le raschiava dentro e fuori, ma aveva allungato il collo per guardarsi alle spalle. Non era completamente assente.

Avrei voluto dirle che sarebbe andato tutto bene.

Che non avrei permesso a nessuno di farle del male.

Avevo bisogno che venisse con me e che tenesse un basso profilo per un po'.

Avrei voluto dirle che mi dispiaceva. Che mi dispiaceva tantissimo, cazzo.

Niente superava l'angoscia che provavo per averla messa in pericolo. L'avevo resa un bersaglio. Era imperdonabile.

«Dove stiamo andando?» chiese. Risposi con quella che speravo fosse una rassicurante stretta di mano.

Le squillò il telefono, ma non rispose.

Andai dritto a casa mia, nell'edificio di Ravil, quello che i vicini avevano soprannominato il Cremlino perché era pieno di russi. Quando parcheggiai e spensi il motore, Story si voltò verso di me. Il viso era pallido e serio.

«Hai intenzione di dirmi cosa sta succedendo?»

Cazzo.

Smontai e feci il giro dell'auto per aprirle la portiera, ma lei era già saltata fuori, con la cinghia della chitarra avvolta sulla spalla.

Le presi il viso e la guardai, accarezzandole le guance con i pollici.

Lei annuì. «Sto bene.»

Cazzo. Il fatto che mi leggesse nel pensiero mi rendeva ventimila volte più dipendente da lei. Feci un respiro sollevato e annuii in risposta. Le presi la mano e la condussi al blocco degli ascensori, strisciando la card che mi avrebbe portato all'ultimo piano. La suite attico che Ravil condivideva con la sua cellula.

Da quando aveva avuto un bambino, a novembre,

continuavo ad aspettarmi che Ravil ci buttasse fuori tutti per trasferirci su un piano diverso, in modo da usare l'attico per la sua nuova famiglia. Ma a quanto pareva alla sua nuova mogliettina Lucy non importava.

Anche gli altri sposi novelli – Maxim e Sasha – non sembravano preoccuparsi della vita in comune. Il che, francamente, era meglio per me. Era più difficile scomparire in un gruppo più piccolo, e scomparire era sicuramente il mio ruolo.

La suite aveva l'ingresso sul corridoio dell'ascensore, il che era ottimo perché era tardi. Non avrei comunque sottoposto Story al caos del gruppo, in quel momento.

Pensai che l'ingresso indipendente compensasse la mancanza di una vista sul lago, non che fosse importante per me. Le finestre, grandi dal pavimento al soffitto, si affacciavano sulla città.

Feci scorrere la chiave magnetica sulla serratura e aprii la porta con una spinta. Le tende erano accostate e la suite buia.

Story entrò e io accesi una lampada, in modo che ci vedesse. Tutto nell'attico era costoso e di buon gusto, ma l'arredatore assunto da Ravil aveva compreso che non ero interessato a nulla di speciale, quindi aveva lasciato la mia suite per lo più vuota. C'era un letto king size minimalista, basso, e una grande poltrona imbottita. I tavolini e il comò erano in teak moderno della metà del secolo. C'era un tavolino con due sedie davanti alla finestra. Probabilmente era tutto costoso, non lo sapevo. Non mi interessava niente. Era un posto dove dormire, e solo quello contava per me.

«È qui che abiti?» Mi guardò.

Annuii.

Sembrava ancora scossa e rigida. Non sopportavo di vederla così. Avrei fatto qualsiasi cosa per cancellare quello che era appena successo. Quello che mi aveva visto fare.

Cazzo!

Mise giù la chitarra acustica e si tolse il cappotto di lana color vino, drappeggiandolo sul manico della custodia. «Dov'è la cucina?»

Sollevai le sopracciglia e mimai il gesto di mangiare.

«No, non ho fame. Penso solo che sia strano che tu non ne abbia una.»

Annuii. Non sapevo come iniziare a spiegarle che vivevo con altre sette persone e mezzo: sei russi, un'americana e un bambino di nome Benjamin.

Si tolse gli stivali militari e si diresse in bagno. Indossava una micro-mini di velluto a coste sfilacciata sull'orlo, con un paio di collant rosa pallido sotto. Sopra aveva una maglietta aderente con un arcobaleno sul petto e le maniche tagliate. Pensai che doveva essere stata di un bambino prima che diventasse di Story.

«Wow. Ma è... bellissima.» Aprì la porta della doccia gigantesca e vi entrò. Accese l'acqua e mi guardò. «Sembra che ci sia spazio per due.» Non stava flirtando, sembrava quasi... vulnerabile.

Aveva bisogno di me. Era compito mio prendermi cura di lei. La seguii dentro, spogliandomi mentre camminavo. Lasciò cadere la gonna a terra, ai suoi piedi, e si levò i collant. Le tolsi la maglietta sfilandola dalla testa e le sganciai il reggiseno. Non provavo l'aggressività dell'ultima volta. Quella selvaggia tempesta di lussuria che mi aveva reso brutale e rozzo. Stavolta il bisogno di prendermi cura di lei era troppo forte.

Mi aveva appena visto uccidere tre uomini. Aveva visto, ed era ancora lì con me. Non aveva protestato perché l'avevo portata lì e non aveva cercato di andarsene.

Mi aveva chiesto di entrare nella doccia con lei.

Ma non stava bene. Me lo sentivo nelle ossa, e il mio bisogno di placarla veniva prima di tutto. Capii di aver ragione dal momento in cui si girò per entrare nella doccia. Era come se volesse lavare via gli eventi della notte. Finii di spogliarmi ed entrai dietro di lei, chiudendo la porta. Non mi misi addosso a lei ma fu lei a venire da me, a posare le dita sul mio petto peloso. «Perché non sei venuto stasera?» chiese.

Mi tirai indietro; la domanda mi colpì come un pugno allo stomaco. Avevo cercato di dire a me stesso che a Story non fregava abbastanza. Che non sarebbe rimasta ferita dalla mia assenza, ma chiaramente non era così. Seguii il contorno del suo viso coi polpastrelli, tracciando le goccioline d'acqua sul naso, poi sulle labbra.

«È stato per quei tizi?»

Cazzo. Non volevo dirle che avevo dormito troppo. E naturalmente non ero in grado di proferire parola, anche ne avessi avute. Entrai nel suo spazio, facendola indietreggiare lentamente fino a quando non colpì il muro di quarzo. Le mie mani le costeggiavano leggermente le braccia. Gliene piazzai una sulla vita, avvolsi l'altra dietro il collo. Appoggiai la fronte contro la sua. «Ti dispiace» mormorò, esercitando la sua capacità di leggermi nel pensiero. Annuii.

Quando alzò lo sguardo, le vennero le lacrime agli occhi. «Ho paura, Oleg.» Inspirò singhiozzando. «Non so cosa sta succedendo e tu non puoi dirmelo.»

La abbracciai e lei mi premette la guancia sul petto, piangendo. La tenni stretta finché le sue lacrime non si placarono. Non ci volle molto. Tirò su col naso e mi spinse delicatamente indietro. Presi la saponetta e la tenni in una mano, poi iniziai a insaponarle delicatamente un braccio fino alle mani, dove massaggiai ogni punta callosa delle dita. La girai e le lavai la schiena, massaggiandole saldamente il collo, accarezzandole i fianchi, afferrandole il culo possessivamente.

Lei gemette dolce. «Sì.»

Insaponai l'altra spalla e il braccio, poi entrambi i seni, premendole la mia coscia tra le gambe e bloccandola contro la parete della doccia. Le tirai indietro la testa con la mano intorno ai capelli bagnati. Aprì la bocca. Le nostre labbra si unirono in un bacio bruciante e poi si staccarono. «Prendo la pillola» mormorò. Le controllai il viso per essere sicuro di aver colto il messaggio giusto.

«Sei pulito?»

Annuii. Lo ero senza dubbio. Avevo fatto sesso solo due volte da quando ero uscito di prigione, ed entrambe le volte avevo usato il preservativo.

«Anch'io.» Mi prese il cazzo.

Non ci avrei provato a meno che non fossi sicuro che ne avesse bisogno, ma a quanto pareva era così.

La impalai con la mia erezione in un colpo solo. Essere dentro di lei senza protezione era incredibile a un altro livello. Ma non era per me. Era per lei. Dovevo dare alla mia *lastočka* ciò di cui aveva bisogno. Lei ansimò, sollevando una gamba per avvolgermi la vita, aggrappandosi alle mie spalle per rimanere stabile. La riempii, pompando dentro e fuori; la sua pelle sotto le mie mani era una vera e propria forma di adorazione.

Il suo respiro divenne affannoso. Lo sguardo rimase fisso sul mio volto, intensificando il momento. Stava cercando qualcosa. Connessione? Verità? Fiducia?

Vorrei tanto sapere come cazzo darglielo.

Tutto quello che conoscevo erano i nostri corpi, così perfetti insieme. La nostra pelle, bagnata e liscia. La comunione dell'atto, quell'unirsi per la liberazione reciproca. Sapevo di averne bisogno tanto quanto lei, anche se mi sarei negato volentieri il piacere se così avessi potuto cancellare quello che era successo quella sera.

Maneggiai il culo, massaggiandolo, accarezzandola tra le natiche. Premendo contro l'ano.

I suoi occhi si aprirono di sorpresa, e i fianchi spinsero freneticamente, portandomi più in profondità, andando incontro ai miei colpi.

Ti piace? Vuoi che ti metta un dito in culo mentre ti faccio venire?

Ecco cosa le avrei detto se avessi potuto parlare sporco con la mia ragazza. Piegai il collo per fondere le mie labbra con le sue, assaporando i suoi sussulti mentre le inserivo i polpastrelli nell'ano.

Quando inarcò la testa all'indietro, le baciai la gola e pompai delicatamente il dito dentro e fuori, inserendolo solo fino alla prima nocca mentre le tenevo i fianchi prigionieri e spingevo dentro.

Andò in pezzi, gettandosi completamente tra le mie braccia, entrambe le gambe avvolte strettamente intorno alla mia vita mentre veniva. Le unghie mi segnarono il collo e le spalle, la contrazione dei suoi muscoli intorno al cazzo mi portarono al rilascio.

Rimasi in profondità ma le strofinai il clitoride su e giù sui miei lombi, con l'erezione che si tendeva a ogni piccola spinta. Venni dentro di lei e lei strinse di più, mungendo il seme dal mio cazzo. Mi piaceva fottutamente che potessi sentire tutto. Essere dentro di lei senza barriere tra di noi.

«Oleg.»

Sembrava spezzata. Non la misi giù. Non avrei mai più voluto rimetterla giù. Le estrassi il dito dal culo e lavai entrambi sott'acqua, poi la portai fuori dalla doccia, ancora avvolta intorno alla mia vita.

Presi un asciugamano e glielo strinsi intorno alla schiena e al culo, usandolo per tenerla contro il mio corpo.

Con attenzione, come se fosse fatta di vetro, le appoggiai il culo sul ripiano del bagno, l'asciugamano nascosto delicatamente sotto le natiche, e usai le estremità per asciugarle il viso con delicatezza. Il trucco le aveva lasciato macchie sotto gli occhi, ma non sapevo cosa fare al riguardo. Lo avremmo capito al mattino.

Le feci scorrere l'angolo dell'asciugamano tra i seni e giù per la pancia, avvolsi entrambi i lati per asciugarle le cosce e poi la tirai indietro tra le mie braccia, le avvolsi l'asciugamano intorno alla schiena e la portai nel mio letto.

Story rimase tranquilla tutto il tempo, lì a guardarmi con grandi occhi nocciola. La sdraiai delicatamente e spensi la luce prima di sdraiarmi accanto a lei. Il tonfo caotico nel mio petto fu lenito quando lei si rotolò istantaneamente verso di me, modellando il suo corpo contro il mio fianco, appoggiandomi la testa bagnata sulla spalla.

«Sei caldo» mormorò.

Aveva ragione, stavo bruciando. Ma l'unica cosa che mi interessava era stringere Story.

CAPITOLO SEI

Story

Per un momento, quando mi svegliai, non riconobbi il posto in cui mi trovavo.

Le lenzuola morbide, il letto caldo. Il senso di comfort.

C'era una sensazione di sicurezza e di presenza altrui, ma non riuscivo proprio a ricordare... aprii gli occhi e tutto tornò di corsa verso di me.

Oleg.

Era incredibile quanto fosse confortante la sua presenza per me. Fondamenta. Solidità. Quando ero con lui, il caos della mia testa sembrava calmarsi.

Oleg si era alzato e vestito, ed era seduto a un tavolo vicino alle tende. Sul tavolo c'era una busta del negozio dei bagel, insieme a una tazza di caffè da asporto.

Il profumo mi fece uscire dal letto.

Non volevo pensare alla sera prima. Alla pistola alla mia testa. Ai tre uomini uccisi da Oleg.

Al problema in cui doveva trovarsi.

Sapevo di aver bisogno di risposte – avremmo capito come comunicare, in un modo o nell'altro – ma una parte di me non era sicura nemmeno di voler sapere in che guaio si trovasse.

Ero stata testimone di un omicidio, quella notte.

Non volevo nemmeno pensare a tutte le cose orribili che avrebbe potuto significare. Al momento, senza conoscere la storia di Oleg, potevo inventarmi una favola. Era l'innocente che veniva inseguito. Aveva fatto quello che doveva per proteggere me, la ragazza che amava, perché ero stata messa in mezzo.

Ecco come volevo che andasse la storia.

Ecco come avevo sempre fatto.

Vivevo in una zona di mezzo tra fantasia e realtà. La mia vita non era mai stata strutturata e organizzata. Avevo l'opposto di quella che si sarebbe potuta chiamare una "vita domestica stabile".

C'era amore – tanto amore – ma non era stabile. Ma cosa sarebbe successo se la realtà fosse stata peggiore?

E se Oleg fosse stato il cattivo della storia?

No.

Non lo era. Lo sapevo nel punto più profondo della mia anima. Non poteva esserlo, l'uomo che mi toccava come se fossi la cosa più preziosa dell'universo. Che mi guardava come se fossi l'unico altro essere al mondo. Non poteva essere cattivo.

Proprio come mia madre non era cattiva a causa di tutti i suoi esaurimenti nervosi, dei fidanzati e delle brutte rotture. E mio padre non era cattivo perché beveva troppo, andava a letto con ogni groupie della band entrata nella sua vita e metteva i figli all'ultimo posto.

Avevo vissuto nel caos totale per tutta la vita. Forse era per quello che avevo scelto di vivere da sola. Perché i miei pensieri erano disordinati e disorganizzati, e di solito quando aggiungevo qualcun altro al mix mi perdevo completamente. Solo che con Oleg non sembrava così.

Forse perché non parlava. Non volevo vederlo come un vantaggio, ma non solo non aggiungeva rumore: lo *assorbiva*.

Ora che l'avevo capito, ero sicura che fosse per quello che averlo ai miei spettacoli lo aveva reso così favoloso per me. Riusciva a darmi spazio nel caos.

«Buongiorno, raggio di sole.» Gli baciai la tempia.

Lo sguardo scuro di Oleg travolse la mia figura nuda e si incupì.

I miei capezzoli si tesero di fronte a tanto apprezzamento.

Provocandolo di proposito, mi lanciai al di fuori dalla sua portata, verso il muro dove si trovavano le tende, curiosa di vedere cosa ci fosse dietro. Le scostai e sussultai. «Wow!»

Era un'intera parete di finestre che andavano dal pavimento al soffitto affacciate sulla città. «Ma è incredibile, Oleg.»

Diedi un'altra occhiata alla luce del giorno, nutrendomi di quello che, nello shock del trauma della sera, non ero riuscita a notare. Il posto era stupendo. E costoso. Era strano, perché era solo una stanza senza cucina, non c'era nemmeno un mini frigo a meno che non mi fossi persa qualcosa, ma era di fascia molto alta. Ci trovavamo in una specie di piccolo attico in cima a un edificio che doveva essere molto vicino al lago Michigan. Ero sicura che altri appartamenti dell'edificio avessero la vista sul lago.

«Ci possono vedere da fuori?» chiesi, rendendomi conto che, nel caso, stavo mettendo su un bello spettacolo.

Oleg emise un suono scoppiettante con le labbra. Mi girai e vidi una maglietta volarmi addosso.

«Grazie.» La presi e la spiegai. Era una delle maglie di Oleg: morbido cotone e verde bosco. Era gigantesca. La infilai dalla testa e quasi mi arrivò all'altezza delle ginocchia. «È un hotel?»

Oleg scosse la testa.

«È casa tua?»

Un cenno affermativo.

«La adoro.» Gli corsi davanti per saltare sul letto che, purtroppo, non rimbalzò. «A parte che il letto non ha le molle.» Presi un cuscino e glielo lanciai. «Hai bisogno di un letto con molle, così posso saltarci su.»

Afferrò il cuscino. Gli angoli della sua bocca si aprirono in un sorriso appena percettibile. Mi resi conto che non l'avevo mai visto – nemmeno una volta sola – sorridere.

Il suo viso era di solito inespressivo come la sua voce, il che lo rendeva doppiamente difficile da interpretare. Mi ero dedicata semplicemente a seguire i suoi sguardi intensi, leggendo tutto in quelli. O forse era la sua solida presenza.

Saltai giù dal letto e andai da lui, come attratta da una calamita. Ora che mi aveva toccata, non ne avevo mai abbastanza. Avevo bisogno di avere di più da quel gigantesco uomo-orso che mi guardava sempre. Lo spinsi giù sulla sedia e salii sulle sue ginocchia, attenta a evitare la ferita. Poiché non poteva donarmi le sue parole, probabilmente desideravo ardentemente il contatto fisico. E non sessuale – *anche se santo inferno... che nottata!* – ma avrei approfittato di qualsiasi contatto, in quel momento.

Oleg mi tirò a sé, modellando le sue braccia intorno ai miei fianchi e alla schiena per cullarmi contro di lui. Gli appoggiai la testa contro la spalla gigante, e lui scosse la busta di bagel e me la portò sotto il naso.

Infilai la mano nella busta ne pescai uno alla cannella con uvetta. Oleg aprì la confezione di formaggio spalmabile e mi porse un coltello di plastica.

«Mmm, che buono.» Recuperai il caffè, aprii un minuscolo contenitore di latte parzialmente scremato e ce lo versai dentro. «Li fanno troppo piccoli, non credi?»

Ovviamente non confermò nulla. Non che me lo aspettassi davvero. Ma vabbè, parlavo abbastanza io per entrambi.

«Me ne servono tipo cinque per un caffè.» Aprii gli altri tre pacchetti che erano sul tavolo e li svuotai nella tazza, quindi assaggiai il caffè. Ancora troppo scuro. Le sopracciglia di Oleg si corrucciarono, come se fosse stato preoccupato. Feci spallucce. «Sopravviverò. Sono già grata per il caffè. Tu non lo bevi?»

«Quando sei andato a prendere i bagel?» Mi raddrizzai sulle sue ginocchia per spalmare il formaggio. Mi voltai per guardarlo e alzare le sopracciglia. Giuro su Dio, avrebbe dovuto iniziare a cercare di comunicare. Voglio dire, poteva gesticolare. Poteva disegnare, come aveva fatto a casa mia per farmi sapere che dovevo spostare il furgone.

Era un bel problema per me. Oleg non solo non parlava. Era come se avesse abbandonato anche tutti gli altri metodi di comunicazione.

Forse nessuno provava a comunicare con lui. Era stato cancellato. Oppure si era cancellato da solo. Il pensiero mi mandò una forte fitta di dolore dritta attraverso il petto, perché sembrava proprio vero, ma mi corazzai contro di essa.

Sapevo che probabilmente ero pazza. Il segnale d'allarme avrebbe dovuto suonare quando era stato aggredito davanti al mio appartamento o quando l'avevo visto assassinare sapientemente tre uomini in circa quindici secondi. Ma non era stato così. Boh, avevo già visto e sperimentato alcune cose folli nella mia breve vita. Avevo già assistito alla morte. Non a un omicidio, ma a un'overdose a una festa e a un incidente d'auto. Ah, e due amici si erano suicidati quando ero al liceo. La mia tolleranza al trauma era quindi coerente.

Per me, il segnale d'allarme era l'aspetto di Oleg. L'uomo dalla faccia di pietra che non rispondeva alle domande dirette. Volevo il ragazzo che si faceva sentire e che manifestava i propri pensieri attraverso il suo tocco, attraverso la sua energia. Il ragazzo che avevo conosciuto a casa mia prima che arrivassero i suoi amici.

Non sapevo cosa gli stesse succedendo. Non sapevo chi fossero quegli uomini né cosa volessero da lui. Non sapevo a cosa stesse pensando Oleg e cosa avesse intenzione di fare. Ma sapevo che aveva bisogno di capire come spiegarmi le cose.

Avrei voluto avere uno smartphone. Probabilmente avremmo potuto trovare un'app di traduzione, ma tutto ciò che avevo era un telefono a conchiglia. Mi ero intestardita su un eventuale upgrade, in parte perché mi piaceva sconvolgere la gente col mio orientamento per le prime tecnologie e in parte perché era una spesa che non mi interessava sostenere. I miei soldi li conservavo per cose della band. Non avevo mai avuto bisogno di un telefono di lusso.

Finii il bagel e il caffè. «Mi sei mancato ieri sera. Allo spettacolo.» Non lo dissi per farlo stare male. Solo perché volevo che lo sapesse. Lui contava. Magari in quei mesi avevamo comunicato raramente, ma avevo percepito la sua partecipazione, la sua vitalità e visceralità come sentivo le corde della chitarra sotto le dita o il microfono nella mano.

Mi guardò con rimpianto.

«Dov'eri?» Si chiuse in volto. Divenne vacuo. Era la faccia che aveva quando non rispondeva. La frustrazione mi assalì. Rimisi la chitarra nella custodia.

«Ti stavi nascondendo?»

Nessuna risposta.

«Perché ti stavano inseguendo?» Ovviamente non poteva rispondere, ma era completamente assente, e la cosa mi fece impazzire. Feci scattare le chiusure della custodia della chitarra e scivolai giù dal letto. «Senti, non puoi comportarti così con me. So che non puoi parlare, ma ci sono tanti altri modi per comunicare, e tu non ci provi nemmeno.»

Mi fissò con gli occhi spalancati. Almeno gli avevo fatto cambiare espressione. Aspettai, ma continuò a non far nulla. Nessun gesto. Nessun tentativo.

«Beh, non me ne starò qui a guardare» dissi, anche se mi sembrava completamente sbagliato andarmene. Malgrado fossi un'abbandonatrice seriale.

Ma alla fine doveva pur succedere. Lo sapevo fin dall'inizio. Era così che svanivano tutte le mie relazioni. Anche se quella era esplosa più che svanita. Mi dispiaceva che le cose fossero andate così, ma avevo bisogno di ridurre le perdite e andare.

Oleg mi prese il braccio. La sua mano era delicata, ma mi teneva saldamente. Incrociai il suo sguardo. Scosse la testa.

«No cosa? Devi darmi di più.»

Indicò la porta e scosse la testa. Ok, ci stava provando, ma così mi incazzavo ancora di più. Non riusciva a dirmi di non andarmene quando si rifiutava persino di provare a comunicare diversamente. Me lo scacciai di dosso. Mi diressi in bagno per usare la toilette e il collutorio. Trovai i vestiti. Mi tirai su le mutandine, i collant e la gonna, appena visibile sotto la lunga camicia.

Oleg si trovava nel mezzo del suo bellissimo appartamento. Mi guardò, a disagio.

«Adesso ti becchi il rovescio della medaglia.» Mi alzai in punta di piedi e gli baciai la mascella. Un muscolo si flesse. Sapevo che stava scuotendo la testa, ma lo ignorai e lo superai diretta verso la porta, dove infilai gli stivali e presi giacca e chitarra.

Sentii Oleg muoversi dietro di me, ma senza riconoscerne la presenza. Almeno finché la sua gigantesca mano non si appoggiò alla porta per impedirmi di aprirla.

«Ma fai sul serio?» La voce mi tremava dall'incredulità. «Pensi di fermarmi?» Ero abituata all'Oleg gentiluomo. Tenermi prigioniera usciva dal suo personaggio.

La mano non si mosse.

Mi girai verso di lui, a mento in su. C'era del rimpianto nella sua espressione. Le sopracciglia erano abbassate, gli occhi turbati. Scosse la testa.

Mi venne in mente che la mia narrazione poteva essere diversissima dalla sua. Mi stava fermando perché stava cercando di proteggermi o di tenermi prigioniera? Mi venne in mente un pensiero che mi fece riflettere. Temeva che chiamassi la polizia per denunciarlo?

«Non dirò a nessuno di ieri sera. Lo sai, vero?»

Annuì senza esitazione.

Ok, si fidava di me.

«Ok. Va bene. Ho davvero bisogno di tornare a casa.» Continuò a non spostare la mano.

«Oleg.» Gli spinsi il petto, cosa che non mi portò proprio da nessuna parte. «Non sono mica venuta per farmi fermare da te!»

Spalancò gli occhi dalla sorpresa. Sollevò la mano dalla porta. Approfittai dell'attimo e afferrai la maniglia per aprire la porta. Lui me la sbatté in faccia. Oleg diede al mio culo un solo schiaffo, come se fossi stata una bambina sulla cattiva strada. Bruciò e formicolò, facendo fiorire il calore nel mio nucleo. «Ah sì? Mi sculacci adesso?» Ora ero infastidita *e* arrapata. Le mutandine erano già umide. Gli indirizzai uno sguardo di sfida al di sopra della spalla.

«Beh, faresti meglio a finire quello che hai cominciato,

o sarò solo incazzata.» Le sue sopracciglia scattarono. Si mosse lentamente, come assicurandomi di aver capito bene: mi catturò entrambi i polsi in una delle sue mani e li bloccò alla porta.

Quando non protestai, mi sculacciò il culo con l'altra mano, più forte stavolta, poi strinse la natica che mi aveva colpito.

Mi sfuggì un respiro tremolante, la figa si contrasse. Mi allargò i piedi. Inarcai la schiena e gli mostrai che lo volevo davvero. Mi sfilò la maglietta dalla testa e mi appiattì i palmi sulla porta. Lasciandomi le mani incustodite, mi avvolse l'avambraccio intorno alla vita e mi tirò giù le mutandine lungo le cosce. Poi mi accese il culo con sculacciate rapide e dure. Come ogni volta che decideva di proseguire, Oleg non si trattenne.

Respirai con affanno e strinsi le natiche. Era troppo ma anche bellissimo, così emozionante per me che mi morsi il labbro per evitare di protestare.

Mi dimenai sotto l'assalto. Era proprio sulla linea di confine tra dolore e piacere. Lo odiavo e lo amavo allo stesso tempo. Ma quando mi fece scivolare le dita dell'altra mano tra le gambe e mi palpeggiò la figa mentre continuava a sculacciare, mi sbilanciai *decisamente* verso il piacere. Piacere delirante ed erotico.

«Sì» sussurrai quando le sue dita iniziarono a muoversi tra le mie gambe. Inarcai la schiena, spinsi il culo in fuori e mi strofinai sul suo palmo.

Era incredibile.

La cosa migliore di sempre.

«Oh. Oh... Oleg» sussultai. Davvero inaspettato.

Non avevo proprio idea che mi sarebbero piaciute quelle cose.

Un dito affondò dentro di me mentre io continuavo a cavalcargli il palmo. Stavo ballando sotto le sculacciate severe che mi stava dando, contorcendomi e scalciando. La mia natica premette contro la porta. Non riconoscevo nemmeno la donna bisognosa e ansimante che gli gocciolava la sua eccitazione lungo le dita mentre Oleg mi sculacciava forte fino a quando non…

Venni.

Oh Dio, e come venni! Esplosioni calde e veloci di piacere come popcorn che scoppiavano si accesero nel mio nucleo. Vidi le stelle.

Allungai la mano all'indietro per proteggere il culo da ulteriori sculacciate, e Oleg la piegò istantaneamente dietro la mia schiena come se fossi sua prigioniera e mi massaggiò la pelle punita con strette rudi. L'altra mano lavorava ancora tra le mie gambe, le dita si tuffavano lentamente dentro e fuori mentre io mi strofinavo sul palmo.

Oleg

Feci scivolare le dita fuori da Story. Le mie labbra trovarono la sua mascella, le trascinai dietro al suo orecchio, lasciando una scia di baci caldi contro la pelle liscia. Respirai il dolce profumo di vaniglia. La mia *šalun'ja* amava le sculacciate. I suoi succhi mi ricoprirono le dita, il battito sotto le mie labbra era ancora frenetico. Avrei tanto voluto aver prestato maggiore attenzione alle discussioni da salotto sulle frustrate alle donne.

Ravil aveva conosciuto la moglie Lucy in un club privato di Washington dove le aveva fatto una cosa del genere. E il mese precedente Pavel aveva consensualmente ridotto in schiavitù un'amica di Sasha dopo averla dominata nel club gemello di Los Angeles. Trascorreva ogni notte chiedendole obbedienza sessuale in videoconferenza e si precipitava lì in aereo per legarla e punirla di persona ogni fine settimana. Già più di quanto volessi sapere. Non avevo ascoltato le battute perché immaginare i miei coinquilini fare sesso stravagante non era il modo in cui volevo passare il tempo.

Ora avrei voluto conoscerne più sfumature. Continuai a far scorrere lentamente il medio attraverso la sua carne morbida e liscia. Ogni volta che facevo movimenti circolari intorno al clitoride lei veniva di nuovo, in una scossa di assestamento che le stringeva e sollevava i muscoli e che la obbligava a trattenere il fiato. Voleva il mio cazzo? Cosa le piaceva di più? Il dolore o il dominio? Forse non il dolore, perché alla fine si copriva il culo come se fosse stato troppo.

Testai la mia teoria e usai i polsi che teneva dietro la schiena per portarla verso il letto. Ci andò facilmente. Volentieri. Docilmente. Voleva di più.

O almeno così pensavo.

Mi sedetti sul bordo del letto e me la posizionai tra le ginocchia. Il cazzo si tese tentando di uscire dai jeans. L'avevo liberata dalle mutandine ancora aggrovigliate intorno alle cosce. Aveva le natiche di un colore acceso, gli occhi vitrei.

Le tirai i fianchi verso il basso e lei eseguì, mettendosi in ginocchio. Raggiunse il mio cazzo, ma io le presi le mani e gliele portai sopra la testa, sollevandole e separandole i seni. I capezzoli erano duri e spessi. Mi sporsi in avanti per avvicinarvi le labbra, riuscendo a succhiarli leggermente. Mi infilai il dito bocca per raccogliere la saliva e bagnare l'area intorno al capezzolo. Emise un piccolo gemito. «È... davvero bollente.» La voce era roca. Le strinsi il culo e inclinai la testa di lato per chiederle di proseguire. «Mi piace quando fai il paparino con me. Tanto.» Fece ricadere la testa all'indietro quando spostai la bocca verso l'altro capezzolo. «Non avevo la più pallida idea di cosa mi stessi perdendo. Ma ora...» Si leccò le labbra, facendomi saltare il cazzo contro la cerniera. Abbassò lo sguardo e poi lo rialzò per incontrare di nuovo il mio. «Penso che tu possa avermi rovinato la mia concezione di sesso normale.» Oh, cazzo. Liberai l'erezione.

Fece per prenderla, ma ancora una volta le trattenni le mani, stavolta piegandogliele di nuovo dietro la schiena. Le afferrai la nuca per guidare la sua splendida bocca verso il basso per farla scivolare sul mio cazzo. Venni quasi nel momento in cui mi prese. Calda. Bagnata. Lussureggiante. La sua bocca era deliziosa. Non potevo far altro che evitare di spingere il mio cazzo, molto proporzionato, giù per la sua delicata gola.

Sembrava amare la posizione: quella della mia pseudo-prigioniera. Quella di una fintamente costretta a farmi del sesso orale. Fece roteare la testa sul mio cazzo con entusiasmo, usando la lingua per accarezzarne la parte inferiore, per leccarne la cappella. Si coprì i denti con le labbra e ondeggiò su e giù con movimenti brevi e rapidi.

Le avvolsi le dita tra i capelli biondo champagne chiaro, stringendoli dal piacere. Mi uccideva il fatto di non avere una lingua per restituirle il favore. Se l'avessi avuta, non le avrei mai lasciato succhiare il mio cazzo a meno che non fosse stata seduta sul mio viso. Avrei voluto sempre farla venire per prima. E più forte. E in modo più rumoroso.

La mia dolce *lastočka*.

Volevo venire, ma preferivo tenere tutto per il piacere di Story, quindi la fermai, tirandole delicatamente i capelli indietro per tirarla via da me. Si leccò le labbra con un accenno di sfida negli occhi.

Sicuramente voleva ancora di più.

Grazie, cazzo. Ero onorato oltre ogni immaginazione che volesse qualcosa da me. Che se lo stesse prendendo. Dopo quello la sera prima, e dopo che le avevo impedito di andarsene, avrebbe potuto tranquillamente chiudere con me per sempre. Sarebbe potuta andare in un milione di modi differenti da questo, ed ero infinitamente grato che fossimo a quel punto.

Si alzò in piedi e io la lasciai fare, per permetterle di manifestare ciò di cui aveva bisogno. Mi si mise a cavalcioni, mi afferrò il cazzo e mi guidò dentro di lei. Emisi un gemito. Di solito cercavo di soffocare tutti i suoni provenienti dalla bocca perché odiavo sentire sillabe incoerenti, ma quello suonò proprio come avrebbe dovuto. Come piacere. Come gratitudine.

Story mi sbottonò la camicia mentre scuoteva lentamente i fianchi, portandomi ogni volta un po' più in profondità.

Quando finì di aprire la camicia, la strappai e portai la mano dietro il collo per togliermi la maglietta sottostante con una mano.

«Mmm» gemette Story. «Bollente.» Le unghie dalla punta blu mi solleticarono i peli del petto. «Sono caldissima. Per te.» Balbettò senza fiato.

Avrei voluto trattenere il respiro per assicurarmi di non perdermi una sola sillaba. Di memorizzare ogni parola.

«Sei come un grande papà-orso che prima sculaccia e poi coccola. Sarò sicuramente la tua cattiva ragazza.»

Bljad'. Le sue parole spezzarono il guinzaglio sul mio controllo. Tenendo il cazzo sepolto dentro di lei, la rovesciai sulla schiena e cominciai a martellarle dentro. Ondulò i fianchi con entusiasmo, piegando le ginocchia per accogliermi. Le presi i polsi e li inchiodai accanto alla sua testa, scopandola con più forza di quanto avrei dovuto.

«Oh Dio» gemette. «Sei grandissimo. È bellissimo.»

Rallentai i colpi fino darne di brevi e veloci, martellandole dentro. Le tette le rimbalzavano. Gli occhi le rotearono indietro nella testa. La vista della sua espressione estasiata mi fece quasi venire ma volevo accertarmi di darglielo per bene, così lo tirai fuori e la feci rotolare sulla pancia.

«Oh Dio, sì» mi incoraggiò, allargando le gambe. Aveva il culo rosso a causa della mia mano, più rosso di quanto mi aspettassi, ma ogni senso di colpa venne spazzato via quando mi guardò da sopra la spalla.

Lo voleva.

E per la prima volta credetti davvero che ci fosse un Dio a questo mondo.

Per la prima volta mi sentivo benedetto.

Entrai in lei da dietro, rabbrividendo di piacere.

«Sì, sì, sì» cantilenò Story. «Che bello. Ma ciao, mio caro punto G.»

Mi inarcai dentro e fuori di lei, schiaffeggiandole il bel culo con i lombi ogni volta che le sbattevo dentro.

Appoggiò le mani contro il muro e inarcò il culo per me, regalandomi l'immagine più calda che avessi mai visto in vita mia.

Volevo dirle quanto fosse stupenda. Oltre che incredibilmente calda, bella e strabiliante, ma non potevo. Così mi accontentai di scoparla con ogni briciolo di passione del mio cuore. Il tempo rallentò. O forse accelerò. Non ne ero certo.

La mia mente scivolò via. Il mio corpo e quello di Story si unirono, il mio spirito e quello di Story si congiunsero. Le offrii tutto quello che avevo − forza, dominio, protezione − ma arrivò anche la mia debolezza − le macchie dei miei peccati, la mia deturpazione, il mio bisogno ossessivo di lei. Lei accolse tutto. Come una dea consapevole di dover avere tutto. Ricevere, trasmutare e restituire. Lei era la personificazione dell'amore. O forse ero io. Quello che provavo per lei. Non ero in grado di dirlo, perché tutto vorticava in una magnifica effusione di energia.

Venne prima lei, ma nel momento in cui lo fece bastò una stretta dei suoi muscoli e venni anch'io. Ruggii, dimenticando di trattenermi, di censurare i miei rumori. Ruggii e sbattei a fondo; la sborra mi abbandonò in caldi nastri di estasi.

Chiusi forte gli occhi perché la stanza iniziò a girare. Avevo dimenticato le ferite, troppo assorbito dalla mia piccola civetta. Mi tirai fuori e la feci rotolare, poi spinsi di nuovo dentro per altri tre deliziosi colpi. Strappai un altro orgasmo alla mia piccola rondinella. Sostenne il mio sguardo mentre si inarcava e veniva sotto di me.

Mormorai dolcemente. *Ja ljublju tebja.*

Si fermò e sbatté le palpebre, quasi come se avesse percepito i miei pensieri.

La mia *lastočka* mi leggeva nel pensiero.

Oppure avevo proiettato i miei sentimenti così chiaramente da non aver bisogno di parlare. Seppellii la faccia nel suo collo, baciandole la pelle morbida di fianco, poi sulla gola.

Ero in adorazione della mia gloriosa rondinella.

Era troppo presto per un *ti amo*. E Story era un uccellino volubile. Si succhiò la guancia. «Oleg, non lo so...» le misi un dito sulle labbra. Ovviamente lei non mi amava. Mi conosceva a malapena. Anche avessi potuto farlo, non era cosa che avrei detto ad alta voce. Avvolse le gambe intorno alla mia schiena per tirare il mio corpo verso il basso sul suo, come se il contatto visivo fosse stato troppo intenso per lei. Ci feci rotolare entrambi di lato per evitare di schiacciarla. Nascose la faccia contro il mio petto. «Non sono una che porta avanti le relazioni.» Le sue parole suonarono ovattate contro la mia pelle. Il suo respiro mi smuoveva i peli sul petto. «Ecco perché non ti ho mai chiesto di portarmi a casa. Le relazioni finiscono sempre rapidamente per me. Non mi infilo nelle questioni amorose. Mia madre si è rovinata la vita inseguendo l'amore.» Mi poggiò la guancia contro il petto, quasi come avrebbe fatto una gatta. «E non volevo davvero che finisse tra noi. Mi piaceva quello che avevamo. Tu che vieni ai miei spettacoli. Che mi guardi. Mi sostieni. Mi piaceva e non volevo che finisse.» Sembrava scossa. La abbracciai e la tenni stretta e mormorai di nuovo. *Ja ljublju tebja*. Non intendevo proiettarlo. Non avevo nemmeno intenzione di pensarlo, ma era la verità. La amavo. Non mi interessava se lei non amava me. Anche se avesse deciso di non volermi, non avrei mai smesso di andare ai suoi spettacoli.

CAPITOLO SETTE

Story

Mi raggomitolai contro Oleg sul basso letto e mi massaggiai il culo, che ancora bruciava a causa del suo grande palmo. «Mi hai sculacciata.» Il mio tono era divertito. Con una sfumatura di meraviglia. «È... normale per te?» Sarebbe diventata senza dubbio una mia nuova passione. «Lo fai con ogni ragazza con cui vai?» Non rispose.

«Ehi.» Gli pizzicai il capezzolo e lui mi afferrò delicatamente la mano. «Ti ho fatto una domanda. Solo perché non puoi parlare non significa che tu non possa provare a comunicare.»

Mi tirò indietro per accoccolarmi più vicino al suo petto caldo e scosse la testa.

«No? Non lo fai con ogni ragazza?»

Un'altra scossa. La sua mano scivolò verso il basso per afferrarmi il culo in modo possessivo. Mi scombussolò la pancia per l'eccitazione.

«Solo con me? Sono la prima?» Alzò le spalle e annuì.

Accarezzò su e giù le mie cosce, sopra il punto in cui il gluteo incontrava la coscia.

«Sei stato molto restio in tutto con me per tanti mesi. Ti limitavo a venire a guardarmi. E ora scopro che sei rude e appassionato.» Mi appoggiai su un gomito per guardarlo in viso. Aveva delle leggere cicatrici che correvano sotto la barba. Quel ragazzo doveva aver partecipato a un sacco di combattimenti.

«Ehi, dobbiamo trovare il modo di parlarci.»

Annuì e raggiunse il comodino. Vidi che aveva scritto un elenco delle lettere dell'alfabeto latino con i simboli dell'alfabeto cirillico accanto a ciascuna.

«Stai imparando il nostro alfabeto.» Il cuore mi palpitò un po'. «Per me?»

Annuì abbassando le sopracciglia, cosa che interpretai come un *ovvio che l'abbia fatto per te*. Mi spinsi verso l'alto per appoggiarmi alla mano e mettermi seduta. «Dovremmo imparare la lingua dei segni.»

Oleg sbatté le palpebre. «Scommetto che al centro di formazione professionale la insegnano. Possiamo impararla entrambi. E anche i tuoi amici.» Ero piuttosto entusiasta della mia idea, anche se non sapevo perché stavo facendo piani a lungo termine con quel ragazzo. Mi spaventava di brutto.

Oleg annuì, guardando la mia faccia come in preda della paura che sarei scomparsa, se avesse distolto lo sguardo.

«Sì? Allora mi informo.» Forse ne avrei approfittato e finalmente mi sarei procurata uno smartphone, in modo da poter tradurre il testo. Tirai fuori la chitarra e mi sedetti a gambe incrociate sul suo letto. Oleg rimase dov'era, lì a guardarmi con la stessa intensità con cui mi guardava quando mi esibivo. Lo guardai osservarmi e provai la canzone su cui stavo lavorando. Quella sul sesso.

Con lui. Avevo un ritornello, ma non ancora i versi. Non l'attacco.

Non cantai le parole, ma mi suonarono in testa mentre provavo le note.

Sono contro il muro / le tue mani aggrovigliate nei miei vestiti
Bacio, mordo, imploro di averne ancora
Sapendo che una volta lanciato questo razzo, non sarà mai ripri-
stinato
Sapendo che una volta lanciato questo razzo, non mi porterai mai
più altro.

Al momento però non ero ispirata. Ero troppo intasata dall'intensità della notte e della mattina. La testa era annebbiata per la mia continua negazione di tutto. Ero molto brava a compartimentare.

Scelsi invece scelsi la melodia di *Brown-Eyed Girl* di Van Morrison. Non sapevo perché mi fosse venuta quella particolare canzone, che mio padre suonava per me quando ero piccola. Mi aveva detto che era la mia canzone perché i miei occhi erano nocciola. Forse la cosa mi aveva sempre fatta sentire amata. Proprio come mi sentivo in quel momento, lì a suonare sotto lo sguardo fumante di Oleg. Se solo avessi potuto mettere insieme tutti i piccoli momenti in cui mi ero sentita amata nella mia vita…. intrecciarli in un arazzo da conservare. Ma non si poteva. Non ero mica così ingenua. Chiusi gli occhi e cantai le parole dolcemente, sprofondando nella melodia. Le mie dita scivolavano sulle corde in automatico, riconoscendo le note al tatto. A memoria. Oleg non poteva cantare, eppure giuro che lo percepii ascoltare. Bere in ogni nota. Ogni parola. Intrecciando lo stesso senso di piacere che provavo io nella musica. Il mio piacere, il suo. Il suo, il mio. Quando smisi di suonare, aprii gli occhi e lo guardai.

Il telefono mi squillò in borsa, che era vicina alla porta. Oleg si alzò e si allacciò i pantaloni. Lo recuperò e guardò lo schermo. La foto di Flynn lampeggiava. Per un attimo pensai che non mi avrebbe lasciato rispondere, ma me lo porse.

«Ehi» risposi alzando lo sguardo verso Oleg. Lo stomaco mi si contrasse mentre tornavo alla realtà.

«Ehi.» La voce di Flynn suonò gracchiante per il sonno. «Mi volevo solo assicurare che stessi bene. Ho provato a chiamarti ieri sera, quando ho visto che la tua macchina era ancora lì.» «Ah sì? Scusa, non ti ho sentito» mentii. In realtà ero toccata dal fatto che il mio fratellino festaiolo mi stesse controllando. Era quasi sempre il contrario. Ero io a dare di matto il giorno dopo perché avevo lasciato una festa alle quattro del mattino e lui era ancora lì a ballare. «Beh, stai bene, volevo solo controllare. Non ho bisogno dei dettagli.»

«Sì, è tutto a posto.» Chissà perché controllai di nuovo la faccia di Oleg. Era davvero così? Le cose si sarebbero messe a posto per lui? In realtà non conoscevo la vera risposta. Sapevo che quando avevo cercato di andarmene mi aveva fermata. Cosa che poi avevo dimenticato rapidamente, perché mi aveva fatta venire due volte.

«Va bene. Ci vediamo più tardi.»

«Sì. Ciao.» Riagganciai.

Oleg annuì, come in approvazione. Ma non sapevo bene se approvava che Flynn mi stesse controllando o la mia risposta. Mi alzai e andai in bagno. «Faccio un'altra doccia» dissi. Fui solo leggermente delusa dal fatto che non mi seguisse. Non che credessi di poter fare altro sesso, ormai. Era enorme e rude, e io decisamente dolorante. Ma ero comunque entusiasta all'idea di rifare già tutto da capo. Non vedevo l'ora di sperimentare altro di quel modo nuovo. Di interpretare la sua cattiva ragazza. Di ricevere la punizione e il dominio con il piacere, alla fine, di venir avvolta tra le sue braccia. Cosa che prima non avrei mai voluto.

Con gli uomini, ero decisamente una gatta. Li volevo alle mie condizioni. Volevo andare da loro quando volevo. Andarmene quando volevo. Tutto l'opposto di un'appicci-cosa. Quindi che mi piacesse essere abbracciata dopo il sesso era strano. Ma il sesso era intenso.

Così come Oleg.

Forse era dipendenza.

Aprii l'acqua e feci una lunga doccia, rifiutandomi di affrontare i pensieri sgradevoli che mi ronzavano in testa. La sera precedente ero stata troppo scioccata per riflettere, e ora semplicemente non volevo farlo.

Oleg era nei guai. Lo sapevo bene. Volevano qualcosa da lui. Prima lo avevano aggredito davanti a casa mia. Poi lo avevano rintracciato al Rue. E avevano preso me per cercare di costringerlo a entrare in macchina. Il che signifi-cava che ero io il suo punto debole. Io ero la leva che avevano su di lui.

Era stupido che ne fossi lusingata. Ma più stupido ancora era che volessi stare lì con lui. Era la mia convin-zione che quello fosse anche un mio problema. Che ci trovavamo in quella situazione insieme. Ma non esisteva nessun insieme se lui non poteva – o si rifiutava – di spie-garmi le cose.

E non avrebbe dovuto esserci nessun insieme comun-que, perché non avevo nessuna intenzione di rimanere nei paraggi a lungo da fare di quella cosa una relazione.

∼

Oleg

. . .

STORY RIMISE i vestiti della sera prima e tirò fuori una delle mie camicie dall'armadio per indossarla sopra la sua magliettina.

«Va bene se mi metto questa?» Annuii, assurdamente contento di vederle i miei vestiti addosso. La lasciò aperta, come una lunga giacca.

«Ma se questo è il tuo armadio, cos'è questo?» Aprì la porta che dava al resto dell'attico. Dal soggiorno ci raggiunsero le voci e i suoni del piccolo Benjamin che si agitava come se stesse per addormentarsi.

La bocca di Story si aprì in una "O" esagerata.

«Chi c'è laggiù?» disse in un sussurro esasperato. Si mise in punta di piedi, come in un episodio di Scooby Doo.

Esitai. Da egoista volevo tenere Story per me. Inoltre non avevo detto ai ragazzi della sera prima. E avrei dovuto. Ravil avrebbe voluto le mie palle per averlo omesso, ma comunque le avrebbe volute anche una volta scoperto il mio passato, quindi si trattava di una situazione in perdita.

Percorse il corridoio sulle punte dei piedi nudi come una ragazzina, fermandosi alla fine per sbirciare dietro l'angolo, nel soggiorno.

Mi appostai dietro di lei, avvolgendole la vita con il braccio. Avevo la testa pesante, ancora in parte dolorante per la commozione cerebrale.

«Non vivi da solo» disse con voce meravigliata. «Ecco perché manca la cucina.»

La spinsi allo scoperto.

Il soggiorno era l'abituale luogo di ritrovo. Dima era al computer davanti alla televisione. Pavel era sul divano a guardarla con lui. Maxim e Sasha erano in cucina. Nikolaj mangiava al bancone della colazione. Ravil aveva Benjamin sulla spalla e stava ballando davanti alla parete finestrata che si affacciava sul lago Michigan.

Sasha ci vide per prima e lanciò un gridolino di gioia. Spense il frullatore. «C'è Story!»

Lei e Maxim indossavano capi da jogging, probabilmente erano appena tornati da una corsa. Sasha, che era amichevole e socievole quanto io silenzioso, aveva conosciuto Story da Rue la sera in cui tutti avevano deciso di venire a vedere la ragazza di cui mi ero innamorato. Si era accertata che Story conoscesse il mio nome e non fosse una persona losca. Pavel spense la televisione e si girò a guardarci. «Oleg, sei una bestia.»

«Stai zitto» disse Sasha, e fu un bene perché io stavo dicendo la stessa cosa con l'espressione. «Ecco, lasciami fare di nuovo delle presentazioni perché probabilmente non ti ricordi. Io sono Sasha e lui è mio marito Maxim. Nikolaj e Dima sono gemelli, se non lo avessi intuito. Pavel, quello sul divano, sta facendo sexting con la sua ragazza a Los Angeles che ha visto solo poche ore fa, e quello col bambino è Ravil. La casa è sua.»

Un modo molto diplomatico di dire che Ravil era il nostro capo.

Sasha aveva un modo semplicissimo di parlare, così come Maxim. Ora che avevano imparato ad amarsi, erano diventati una coppia piuttosto potente. Soprattutto con i soldi di lei e le abilità strategiche di lui. Ravil si girò: Benjamin, sulla sua spalla, si lamentava ancora. Anche con quella distrazione, aveva lo sguardo accorto. Da che vivevo lì, non avevo mai portato nessuno nell'attico. Non socializzavo. Non uscivo, se non per andare al Rue. «Quindi lei è Story» disse con leggerezza. Non avanzò, ma continuò a far dondolare il bambino. «Scusa se non sono ancora venuto a sentirti suonare. Sono il capo di Oleg.» Story salutò. «È un piacere conoscervi, di nuovo. Questo posto è incredibile!» Fece un gesto verso la vista sul lago. Tirai fuori uno sgabello dal bar della colazione per farla sedere. Doveva avere fame, dopo tanto sesso. Io sì.

«Credo di aver sentito suonare una chitarra stamattina, ma ho pensato che fosse una radio. Com'è andato lo spettacolo di ieri sera?» le chiese Sasha.

Story mi lanciò un'occhiata. Diedi la più piccola scossa possibile della testa, che lei sembrò capire. «Bene. Sì.» Non disse una parola sugli uomini che avevo ucciso.

Andai in cucina e presi gli ingredienti per un panino, poi li sollevai con una faccia interrogativa. «Panino? Sì, con piacere, grazie.»

Sasha e Maxim si scambiarono uno sguardo, come ritenendo incredibile che stessi preparando panini. O magari che preparassi panini a qualcun altro. O semplicemente che comunicassi.

«Ti va un frullato di mango?» le disse Sasha, tenendo in mano il frullatore.

«Certo. Grazie.»

Sasha versò a Story un bicchiere e appoggiò i gomiti sul bancone di fronte a Story. Ravil fece addormentare Benjamin e si avvicinò per stringere la mano di Story. «Chi è questo dolce bambino?» disse lei con voce dolce per non svegliarlo.

Ravil ruotò in modo che Story potesse vedere il visino addormentato. «Lui è Benjamin. Oggi ha quattro mesi.» «Buon quarto complemese» canticchio Story con una voce infantile, massaggiandogli leggermente la schiena. «Congratulazioni, è un vero angelo.» Ero travolto da lei. Da quanto fosse bella mentre parlava con il bambino. Da quanto tutto fosse facile e naturale per lei. Vivevo con quelle persone da due anni – gli uomini erano i miei fratelli bratva – e lei sembrava più a suo agio con loro dopo un minuto di quanto non mi sentissi io. Preparai due panini e affettai una mela, poi li portai su due piatti a Story.

«Grazie. Mia moglie sta facendo un massaggio in camera da letto in questo momento, ma spero che la conoscerai presto.»

«Con Natashaa?» intervenne Nikolaj. «Penso che prenderò appuntamento anch'io.» Dima agitò la testa e guardò il fratello. «Di cosa stai parlando?»

«Di un massaggio.»

Nikolaj faceva un po' troppo l'innocentino. Tra i gemelli c'era in corso un po' di cazzeggio di cui il resto di noi non era a conoscenza. «Sembra bello. Magari prendo appuntamento con Natasha anch'io.»

«Ma cosa dici, *per te*?» esclamò Dima.

«Sì. A meno che non voglia farlo tu.» Alzò le sopracciglia con fare interrogativo.

«Ti uccido, cazzo.» Non avevo mai sentito Dima minacciare. Soprattutto suo fratello.

«Ehi, ehi.» Ravil si schiarì la gola. «Sembra che voi due abbiate un po' di merda da risolvere.»

«No, io penso che siamo a posto.» Nikolaj prese una rivista dal tavolino e finse di leggerla. «A meno che non voglia che io prenda l'appuntamento al posto suo.» Dima passò al russo. «Ti butto giù dal tetto se le dici una cazzo di parola.»

Ravil alzò le spalle. «Sono contento di non aver avuto due gemelli. Lo metto a letto e torno subito.»

«Ma vivete *tutti* qui?» chiese Story, tirandosi il piatto di fronte a lei e spostando lo sgabello per far spazio al mio. Maxim e Sasha occuparono i posti di fronte ai nostri.

«Sì. Prima c'erano solo i ragazzi e poi si è trasferita Lucy, la moglie di Ravil. Poi Maxim mi ha portata qui da Mosca» spiegò Sasha. «È stato un matrimonio combinato, ma ho deciso di tenermelo.» Fece l'occhiolino.

«Immagino che non ci si annoi mai, con tanto da fare.»

«No» disse Sasha ridendo. «A me piace. Sono figlia

unica, quindi è bello avere persone in giro tutto il tempo.»

Story sorrise. «Io sono cresciuta nel caos totale. Due fratelli, una madre che... emotivamente instabile e un padre che andava per feste come una rock star. Abbiamo avuto molto amore ma non molta coerenza. Di conseguenza ho un'altissima tolleranza per il caos.»

«Quindi tuo padre era una *rock star*?» chiese Maxim. «Hai preso da lui?»

La risata di Story fu amara. «Lui la pensa così. Ha una cover band rock classica che suona a Chicago dai primi anni Ottanta. I Nighthawks.»

Mi diede fastidio non aver saputo prima quella cosa di lei. Non essere stato in grado di rendere la conversazione facile e serena. *Bljad'*, fino a quella settimana non me ne fregava niente di non essere in grado di comunicare. Anzi, lo preferivo. E lo preferivo ancora, perciò quei desideri contrastanti mi stavano facendo male alla testa.

Maxim scosse il capo. «Non li conosco. Quindi è lì che tu e tuo fratello avete imparato a suonare?»

«Sì. Mio padre dava lezioni di chitarra in salotto quando ero una bambina.»

«Cosa suonavi stamattina? Era un pezzo vecchio, giusto?» chiese Sasha.

«Van Morrison, sì. Mio padre me lo suonava perché ho gli occhi nocciola.»

Sasha esaminò Story.

«Qual è il tuo colore naturale?»

Story emise un verso di disapprovazione. «*Rosa*» disse, come offesa che Sasha non capisse che era naturale. «Scherzo: biondo scuro.»

«Adoro il tuo look» le disse Sasha. «Spacchi davvero come una rockstar.»

Story fece una smorfia. «*Spacchi come una rockstar.* Potrei rubarlo per una canzone.»

«Sentiti libera.» Sasha era raggiante, come se fossero migliori amiche.

Ed era sbagliato che io lo volessi tanto. Che volessi che Story rimanesse.

«E suona pure, mentre sei qui. Adoriamo la tua musica» disse Maxim.

Finito il panino, mi alzai e mi avvicinai a Story per metterle la mano sulla schiena. Per assaporare quei deliziosi assaggi della sua vita. Story si appoggiò a me, inclinando la testa per appoggiarla al mio petto. Maxim e Sasha si scambiarono un altro sguardo, come se non riuscissero a credere che coccolassi qualcuno. O magari che quel qualcuno coccolasse me. Era strano e fantastico che Story mi avesse accettato. Eravamo passati dall'essere estranei ad amanti in un batter d'occhio.

Le relazioni finiscono sempre rapidamente per me.

Era convinta che anche quella sarebbe finita rapidamente come era iniziata. Forse era il suo modus operandi con gli uomini: pronta a farli entrare, pronta a buttarli fuori. Schema che sembrava adattarsi alla sua personalità enigmatica. Per quanto il pensiero del finale mi distruggesse, sorse in me qualcosa di fermo e testardo. Io sarei stato ancora suo. Non avrei smesso di andare ai suoi spettacoli. Sarei stato sempre tutto ciò di cui aveva bisogno che io fossi per lei. Anche se voleva dire essere solo il ragazzo tra il pubblico su cui poteva fidarsi di arrampicarsi durante gli spettacoli. Le diedi un bacio sulla testa e lei mi sorrise. La baciai di nuovo, stavolta sulla fronte.

«Sono contenta che voi due vi siate finalmente messi insieme» disse Sasha con un sorriso caloroso.

Story abbassò lo sguardo. «Sì.» Le portai la mano alla nuca e la strinsi delicatamente. *Va tutto bene,* volevo dirle. Nessuna pressione.

Sei mia, che tu mi rivendichi o meno.

CAPITOLO OTTO

Story

Rimasi per un'altra ora con Oleg e i suoi amici nella zona giorno, conoscendo la moglie di Ravil, Lucy, quando rientrò da una nuotata. A quanto pareva quell'appartamento milionario aveva una piscina riscaldata e una vasca idromassaggio sul tetto. Ero tentata di chiedere a Oleg se potevamo fare un veloce tuffo, ma stavo iniziando a diventare ansiosa.

Più proseguiva la giornata, più sentivo di aver bisogno di tornare al mio posto. Avevo delle lezioni l'indomani. O forse la mia era solo una scusa. Avevo anche una viscerale e fastidiosa ansia di andarmene. Era la spinta che ricevevo quando le relazioni arrivavano a un certo stadio. Stavolta era arrivata più velocemente che in passato, ma era stato tutto più intenso del solito. Avevamo vissuto un paio di mesi concentrati in una sola settimana.

«Beh, dovrei andare.» Mi girai per scivolare giù dallo sgabello su cui ero appollaiata dall'ora di pranzo.

Oleg mi bloccò con la preoccupazione stampata in volto.

Cambiai direzione e scivolai sul lato opposto, facendo agilmente un passo veloce in direzione della stanza di Oleg. «È stato bellissimo conoscervi.» Mi girai e salutai il gruppo. Oleg era proprio dietro di me.

Ripercorsi il corridoio verso la sua stanza e infilai di nuovo gli stivali. Presi il cappotto e la chitarra.

Oleg scosse la testa.

«Oleg, non posso rimanere per sempre.»

Non si mosse, ma stava bloccando la porta.

«Puoi portarmi a casa mia?»

Esitò e scosse la testa.

«Ottimo» dissi prendendo il telefono.

«Prenoto un Lyft.» Oleg mi tolse il telefono di mano.

«Ehi.» Va bene che non poteva parlare, ma stava esagerando.

Mi prese il viso con tanta tenerezza che riuscii a malapena a rimanere arrabbiata.

«Devo proprio andare.»

Mi balenò una mezza idea in mente. Sapendo che non voleva che i suoi amici scoprissero della notte, girai e sfrecciai attraverso la porta fin nel soggiorno, poi da lì aprii quella del corridoio che portava all'ascensore.

Oleg era proprio dietro di me, ma come avevo indovinato, non mi catturò né mi fermò. L'ascensore era aperto e mi infilai dentro.

Premetti il pulsante mentre Oleg infilava il corpo tra le porte per impedire che si chiudessero.

Scosse la testa verso di me.

«Non posso rimanere per sempre, Oleg. Mi sento rinchiusa e non mi hai detto cosa sta succedendo.» Gli lanciai un'occhiata pungente.

A dire il vero, si tirò leggermente indietro. Come se comunicare non gli fosse nemmeno venuto in mente. «Non voglio litigare con te» gli dissi, anche se in realtà non stavamo litigando. Eravamo molto più dolci l'uno con l'altra rispetto alla maggior parte delle persone che conoscevo, anche quando eravamo in disaccordo. Scosse di nuovo la testa, levando gli occhi alla parola *litigare*.

Ma si rifiutò di muoversi.

Tenne la porta aperta e puntò la testa in direzione della sua stanza.

«Ah ah. Adesso devo proprio andare. Domani ho lezione.» Scrocchiò le nocche contro la porta e puntò di nuovo la testa. Avevo la sensazione che stesse cercando di non farsi minaccioso, il che era difficile per uno delle sue dimensioni. Avevo visto tutta la sua imponenza con lo studente, a casa mia, e lì non aveva dovuto far altro che incrociare le braccia sul suo enorme petto.

Parlai io per lui. «Non vuoi che me ne vada.»

L'ascensore fece un suono quasi infastidito.

Mi fece cenno di nuovo. Quello stallo stava andando davvero oltre. Entrò e mi prese la chitarra, poi mi issò molto delicatamente su di sé. Con il piede impedì alle porte dell'ascensore di chiudersi. Mi piazzò la mano sul culo. Non per una sculacciata stavolta: parve solo un gesto possessivo. Agitai le gambe. «Dannazione, Oleg. Così non va bene.»

Mi portò giù per il corridoio verso la porta che entrava direttamente nella sua camera. «Devi parlarmi» lo avvertii con voce bassa. «Non so come, ma devi dirmi cosa cazzo sta succedendo. Non ce la faccio più a indovinare.» Oleg si fermò. Se ne stava lì nel corridoio, immobile. Tenendomi prigioniera sopra la sua spalla.

Oleg
  Bljad'.

La mia vita era brutta. Non ero mai stato orgoglioso di niente, ma avevo fatto quello che dovevo per rimanere in vita. Ma spiegarlo alla mia piccola rondinella era un'altra cosa. Sarebbe scappata così velocemente da dar fuoco al marciapiede coi piedi.

E se avevo intenzione di far uscire quell'oscurità, se avevo intenzione di raccontare a Story del mio passato, avrei dovuto tirare fuori tutto anche con i miei fratelli di cellula. Proprio tutto, fino al tradimento per omissione. Sapevo che a un certo punto il momento sarebbe arrivato, e a ogni giorno che passava avrei voluto che non succedesse. Perché ormai mi curavo di quella famiglia. Mi fidavo di loro. Mi affidavo a loro.

E ora loro avrebbero scoperto di non potersi fidare di me.

Ma per Story ero disposto a rischiare di perdere tutto ciò che avevo. Aveva detto che stavamo litigando, e la cosa mi terrorizzava. Non sopportavo l'idea che fosse arrabbiata con me. Quella ragazza era il cuore che batteva nel mio fottuto petto. Ferirla o addirittura farla incazzare era l'ultima cosa che volevo. Cambiai direzione e tornai alla porta dell'attico, portando Story all'interno.

«Ehm... sono abbastanza sicuro che se vuole andare devi lasciarla andare» disse Nikolaj dall'angolo bar, dove stava lavorando al laptop.

Misi giù Story e andai a prendere il blocco e la penna sul banco della colazione, spingendolo accanto a Nikolaj.

Cominciai a scriverle un appunto, ma uscì rozzo. Non parlavo e non ero nemmeno uno scrittore. Nikolaj lesse e tradusse la nota al di sopra della mia spalla. «Non posso lasciarti andare. Mi dispiace tanto, Story.»

«Ehm, ma cazzo, Oleg...» disse Nikolaj. Il gemello si alzò dal tavolo per camminare, mandando messaggi come faceva sempre. Probabilmente dicendo a tutti gli altri di venire in salotto.

Story alzò le mani, gli occhi sul mio foglio anche se non poteva leggerlo.

Scarabocchiai ancora. Nikolaj lesse. «Sei in pericolo a causa mia. Devi stare qui dove posso proteggerti.»

Story annuì. «Ok, è quello che pensavo. Quelli che hai alle calcagna sanno che ti preoccupi per me. Ecco perché ti hanno aspettato da Rue.»

Incrociai il suo sguardo e annuii. Ero grato e scioccato che avesse capito tutto senza che le spiegassi nulla. E, dopo la sera precedente, non era ancora scappata urlando.

Come previsto, Sasha e Maxim uscirono dalle loro stanze, così come Ravil.

«Chi è che ti segue?» chiese Nikolaj.

«Devo supporre che gli uomini che Maxim ha eliminato la scorsa settimana non ce l'avevano con Sasha?» Il tono di voce di Ravil suonò pericoloso.

Annuii.

«E quando pensavi di dirmelo?» chiese. Rimasi inespressivo: la mia espressione di default quando non volevo lasciarmi coinvolgere. Essere muti normalmente rendeva facile schivare le domande.

«Chi ti ha aspettata da Rue?» Ravil rivolse la sua tranquilla autorità verso Story.

«Dei tipi. Russi. Sembrava che mi stessero aspettando» disse Story. «Fuori dalla porta sul retro, nel parcheggio. Oleg...» – deglutì – «Ehm, Oleg si è occupato di loro.»

Maxim mi rivolse uno sguardo cupo. A Story disse delicatamente: «Mi dispiace che tu abbia dovuto assistere.»

Ravil mi inchiodò per squadrarmi. Dopo un attimo carico di silenzio, disse: «Story, ho bisogno di scambiare due parole da solo con Oleg.»

«No.» Story mi si avvicinò. La strinsi al mio fianco.

«Ora faccio parte della cosa, e ho bisogno di sapere che cosa sta succedendo » affermò.

Maxim scosse la testa. «No, bambolina. Più senti più sei in pericolo. Vi aiuteremo a comunicare ma...»

«C'entro anch'io.»

La mia *šalun'ja* sollevò il mento in segno di sfida.

«Oleg?» mi consultò Ravil.

Cazzo. Ovvio che non volessi che sapesse. Ma, come aveva sottolineato, ormai c'entrava anche lei. E io ero incapace di negarle la maggior parte delle cose. Aveva detto che avevamo litigato perché non le avevo detto cosa stava succedendo.

Annuii.

«Va bene.» Agitò un braccio verso l'ufficio. «Max.» Ravil ordinò a Maxim di seguirlo, e noi quattro entrammo nell'ufficio di Ravil, che chiuse la porta e si accomodò dietro la scrivania. Maxim affondò nella sedia dell'angolo. Tirai una sedia accanto alla mia per Story, ma lei invece mi cadde in grembo. La abbracciai, tirandomela vicina mentre spostavo la gamba ferita lontano dal suo peso. Era un punto caldo e pulsante di dolore al momento, cosa che mi rendeva difficile rimanere concentrato.

Ravil mi esaminò per un momento. «Nei due anni in cui sei con me, non hai mai parlato del tuo passato.»

Non mi mossi.

«So che hai trascorso dodici anni in una prigione siberiana con un'accusa di spaccio. Credevo che prima fossi stato con la bratva e che ti avessero tagliato la lingua loro, ma ora non ne sono tanto sicuro. So che mentre eri dentro agisti come sicario per i membri della bratva. Timofej Gurin mi ha scritto la tua presentazione.»

Rimasi fermo. Non aveva posto domande e non potevo parlare per riempire i silenzi. Story giocherellò con le mie dita, appoggiate sulla sua coscia, e mi stringeva il pollice.

«Ho creduto che stessi scappando da qualcosa, altrimenti non avresti lasciato la Russia. Credevo si trattasse della tua vecchia cellula. La presentazione avrebbe funzionato altrettanto facilmente a Mosca. O a San Pietroburgo. O a Kazan'. Ma sei venuto qui, in un Paese di cui non conoscevi la lingua. A lavorare per me, un *pachan* che non avevi mai incontrato.»

Un'altra pausa carica di silenzio.

«Ti sei rifiutato di dire chi ti tagliò la lingua.»

Era vero. Me lo aveva chiesto a bruciapelo almeno tre volte al mio arrivo, e l'avevo bloccato, bloccando tutti quindi.

«O ti venne tagliata come punizione per qualcosa che hai già detto o era per impedirti di parlare in futuro.»

Quando rimasi passivo, lui scattò: *«Dimmi quale delle due.»*

Mi affrettai a estrarre il telefono per mandargli un messaggio.

Lesse il testo ad alta voce. «*Futuro.* Proprio la mia ipotesi. Quindi ora qualcuno si è fatto vivo per estorcerti i tuoi segreti, vero?»

Annuii.

«E hanno capito di poter usare Story come leva.»

Lasciai ricadere la fronte contro la sua spalla; il dolore della situazione scorreva vivo di nuovo. Ci fu una lunga pausa, poi Ravil chiese: «Chi ti ha tagliato la lingua, Oleg?»

Non mi mossi per rispondergli. Avevo bisogno del suo aiuto. Della sua protezione. Se mi avesse buttato fuori, io e Story saremmo stati facili bersagli. Potevo anche eccellere nell'omicidio, ma anche le cose più semplici erano difficili per me senza poter comunicare. Rispondere mi avrebbe comunque danneggiato, però. Avrebbe potuto comunque sbarazzarsi di me.

C'era un'enorme taglia su Skal'pel'. Chiaramente anche su di me ora. Credevano che io sapessi arrivare a Skal'pel'. O che conoscessi le nuove identità dei suoi clienti passati. Forse stavano cercando un cliente in particolare, e chissà perché ero finito improvvisamente nel radar.

Story mi osservava con ancora maggiore attenzione di Ravil.

«Scelta interessante, il taglio della lingua. Anche per lo spaccio ti avevano incastrato?»

Scattai con sorpresa alla domanda, dando a Ravil la risposta che cercava.

«Beh, io ci vedo dell'affetto. Perché non ucciderti e basta? A meno che non si trattasse di una persona avversa all'omicidio. Ma considerando il tuo addestramento e la tua abilità con tutti i tipi di armi, e non solo con i pugni, ne dubito. Non hai imparato quello che sai in prigione.»

Il cuore mi pulsò dolorosamente nel petto. Strinsi la presa su Story, che tentò di calmarmi trascinando leggermente le unghie sul mio avambraccio tatuato.

«Ho ragione? C'era dell'affetto tra di voi. Ha scelto di metterti a tacere piuttosto che ucciderti. E così mantieni i suoi segreti.»

Mi sfuggì un respiro tremolante. Era vero? *Bljad'*.

Non lo sapevo. Forse sì. Venivo dal nulla. Non ero niente. Skal'pel' mi aveva dato una casa e un lavoro quando ero ancora un giovane desideroso di compiacere. Mi aveva fatto sentire come un uomo quando ero solo in bilico sull'orlo dell'età adulta. Era la figura paterna che non avevo avuto. In cambio, mi dimostrai dannatamente leale.

Pensavo che quella lealtà fosse morta quando mi aveva rovinato, ma forse una parte di essa c'era ancora.

No.

Scossi la testa.

«No nel senso che non stai mantenendo i suoi segreti?»

Guardai Ravil sentendomi improvvisamente male. Forse. Ma non era stata una scelta consapevole. Non potevo parlare, cazzo! Però pensavo che Ravil potesse avere ragione.

Una parte di me poteva ancora proteggere Skal'pel' e, di conseguenza, i suoi clienti. La lealtà era un tratto caratteriale che non sapevo spegnere. Ravil intrecciò le mani e le appoggiò contro il mento.

«Se ti facessi scegliere, Oleg, tra me e lui chi sceglieresti?»

Story si girò a guardarmi in faccia. Non mi aspettavo proprio la montagna di dolore che si riversò su di me, anche se ero sicuro della risposta. Era dolore per quello che Skal'pel' mi aveva fatto. Il dolore del tradimento da parte di un uomo che era come un padre per me.

Indicai Ravil.

Non c'era gara. Era un uomo cento volte migliore.

«Bene.» C'era empatia nello sguardo di Ravil. Come se potesse vedere il mio dolore. «Allora hai la mia protezione. Ovviamente anche Story.»

«Ma…?» chiese Story.

Ravil alzò le sopracciglia.

«Sembrava sarebbe seguito un *ma*.»

E aveva ragione. Ravil alzò le spalle.

«Ma se e quando avrò bisogno di una confessione, confesserai.»

Stavo sudando, ma freddo.

Guardai Ravil.

«Non me ne frega un cazzo delle persone per cui hai lavorato, Oleg» mi disse, e improvvisamente riuscii a respirare di nuovo. «Non mi hai mai contrariato. La tua feroce lealtà fa parte di ciò che sei. Non ho intenzione di biasimarti né di vedere altro nel fatto che sei ancora fedele a qualcuno che ti ha fottuto.»

La stanza sembrò girare.

Non sapevo perché, ma mi venne voglia di piangere come un cazzo di bambino. Story sembrò percepirlo, perché mi infilò il viso nel collo e mi mordicchiò la pelle. Maxim incrociò le braccia sul petto e fece passare lo sguardo da me a Ravil. «Qualcosa mi dice che tu sai esattamente per chi lavorava.»

Ravil allargò le mani. «Ho un'ipotesi.»

«Ti prego» chiese Maxim. «Non posso aiutarvi a risolvere la faccenda se non so con che cazzo abbiamo a che fare.»

Ravil guardò verso di lui. «Ma gliel'hai vista la lingua?»

Story strinse la sua mano sul mio pollice, strofinando il viso nel mio collo in segno di solidarietà. Maxim mi lanciò un'occhiata e si strofinò il naso, sapendo che per me era un argomento delicato.

Ravil rispose alla sua stessa domanda, apparentemente retorica. «Io sì. E sembra dannatamente pulita. Non è un taglio approssimativo. Nessun tessuto cicatriziale visibile. Quasi come se fosse stata cauterizzata. O come se avessero usato il laser.»

Laser. Non mi era mai venuto in mente, ma aveva senso. Non mi ero svegliato con sangue in bocca. Un taglio mi avrebbe fatto soffocare nel mio stesso sangue. Mi ero svegliato con un moncone. Gonfio e terribilmente dolorante, ma non sanguinante.

Story deglutì, tirandosi indietro verso di me. La tirai più vicino.

Stavo bene, volevo dirle.

Sembrò capire, perché annuì.

«E quanti medici conosciamo che abbiano lavorato nell'illegalità? Che eseguano interventi nel mercato nero? Magari cambi di identità?»

«*Bljad'*» imprecò Maxim. «*Skal'pel'*… lavoravi per Skal'pel'?»

Non risposi.

Maxim si alzò. Mi mise la mano sulla spalla. «Puoi dirmelo. Non me ne frega un cazzo di quello che hai fatto in passato. Ora sei mio fratello.»

Sbattei le palpebre per il bruciore agli occhi e annuii.

«Immagino allora che tu possa identificare almeno venti persone che la bratva vuole morte» disse.

Feci spallucce. Forse. Non era mio compito memorizzare volti o nomi, né vecchi né nuovi. Ma sì, forse.

«E non sai dov'è finito il tuo vecchio capo?» chiese Ravil.

Scossi la testa.

«Lo troverò per te, Oleg» promise Maxim. «E se non lo ucciderai per quello che ti ha fatto, lo farò io.»

Riconobbi il disagio che mi portò la dichiarazione. Non volevo ucciderlo. O almeno non lo volevo prima. Avevo aspettato anni che mi contattasse? Per riportarmi indietro?

Sembrava folle, ma forse una parte di me sì. Come se fossi appartenuto ancora a quella crudele figura paterna. Non l'avevo perdonato, ma lo stavo aspettando.

Story mi premette il dorso della mano sul collo, poi mi posò le labbra sulla testa. Si girò per guardare Ravil. «So che questa conversazione è importante, ma ha bisogno di un medico. Scotta.»

CAPITOLO NOVE

Story

Ravil si alzò in piedi. «Chiama Svetlana» disse a Maxim, che estrasse il telefono per inviare un messaggio. «È un'ostetrica che vive nell'edificio. Dovrebbe avere degli antibiotici» mi spiegò.

Avevo voglia di abbracciare Oleg. Non per la febbre, anche se mi faceva preoccupare. Ma perché tutto quello che era appena successo in quell'ufficio sembrava importante. Importante per lui. E ancora non ne capivo niente.

Ero in parte sollevata e in parte frustrata nel vedere che Oleg non aveva eretto dei muri solo con me ma con tutti quelli che lo circondavano, comprese le persone con cui viveva e cui apparentemente voleva bene.

Ravil lo aveva definito fieramente leale, e mi rendevo conto che così era stato anche con me. A un certo punto aveva deciso di diventare il mio fan numero uno, e nulla lo avrebbe distolto da quel compito. Ora doveva essere il mio protettore. La sua lealtà verso di me l'avevo sentita subito. Normalmente sapevo essere volitiva e stravagante nelle relazioni, almeno in quelle intime, ma non c'era dubbio sul fatto che fossi completamente sconvolta quando l'avevo trovato sanguinante nel mio furgone. E senza dubbio anche quando eravamo stati aggrediti da Rue. Qualunque cosa avesse dovuto affrontare, io sarei stata al suo fianco.

Superata quella situazione probabilmente sarei fuggita, ma non avrei abbandonato un amico nel momento del bisogno.

È più di un amico, sussurrò la voce nella mia testa. Mi strofinai contro il suo collo e ne baciai la pelle calda.

«Dovresti andare a sdraiarti» mormorai.

No. Non si mosse, ma sentii la parola chiaramente proiettata nella mia testa.

Mi alzai e lo tirai per la mano. «Dai. Svetlana dovrà guardarti la ferita.» Mi prese per la vita e mi sollevò di nuovo sulle sue ginocchia. Scrisse sul telefono un messaggio con una sola mano e lo inviò. Il telefono di Ravil squillò. Lesse e mi studiò.

«Cosa dice?» chiesi. Il giochino del telefono – inteso in senso letterale – mi avrebbe fatta impazzire. «Dice, *parla con Story.*» Ravil lo disse come scusandosi. Come se sapesse già che mi avrebbe fatto incazzare, e in effetti fu così.

Mi girai per fulminare Oleg. «Ti ho detto di non farlo.»

Mi fissò con espressione vuota. Avrei voluto schiaffeggiare di brutto quel muro impassibile. «Oleg, che cazzo significa *parla con Story?*» chiesi.

«Immagino che voglia che ci occupiamo del problema della tua volontà di fuggire dall'edificio» disse lentamente Maxim, che era accanto a noi. Oleg annuì.

Ok, aveva senso. Ma ero ancora incazzata. «Non dire più *parla con Story*» dissi a Oleg.

Il suo stoicismo si sgretolò sotto la mia occhiataccia. Batté le palpebre. Mosse le labbra. Giuro che pronunciò la parola *scusa.*

«Hai detto *scusa?*» chiesi.

Annuì. Sembrava dispiaciuto.

«Grazie.» Abbassai le spalle. Mi puntai lo sterno. «Sei *tu* a dover parlare con me. Non chiedere a loro di farlo al posto tuo. Non li conosco nemmeno.»

Conoscevo a malapena Oleg, credevo, ma poi capii che non era vero. Lo conoscevo intimamente.

E avevo la sensazione di conoscerlo da sempre.

Oleg sembrò scoraggiato. Non stava nemmeno respirando, credo. Guardò il telefono e tornò a me. Dopo digitò qualcosa.

Ravil lesse. «Ho bisogno che tu rimanga qui. Per favore, lastočka.»

Ravil guardò Maxim. «Come si dice nella sua lingua?»

Maxim si schiarì la gola. «Rondine.»

Rondine. Mi aveva scelto un nomignolo. Che io non avevo mai sentito. Ma come ogni uccellino canoro, odiavo essere ingabbiata. L'ansia che provavo prima di rompere con un ragazzo crebbe con violenza.

«Da domani ho lezione. E venerdì e sabato dei concerti.»

Sì, ero irrazionale. La sera prima mi avevano puntato una pistola alla testa. Non avrei dovuto pensare a lezioni e concerti.

Oleg si agitò e scosse la testa.

Intervenne Maxim: «Mi dispiace, tesoro. Terrai duro mentre noi capiamo chi vi sta cercando e li facciamo smammare.»

«Esatto» disse Ravil. «Odio dover decidere per te, ma lo farò. Qualcuno vuole quello che c'è nella testa di Oleg e sa che lui si preoccupa per te, il che significa che la tua vita è in pericolo. A meno che tu non voglia essere prelevata e torturata mentre Oleg sta a guardare, rimarrai dove possiamo proteggerti. Non ho intenzione di aspettare di vedere cosa accadrà dopo che avranno avuto ciò che vogliono, anche fosse possibile.»

Un muscolo pulsò nella guancia di Oleg.

Inspirò con fatica dalle narici.

«Giusto. Va bene.» La mia voce suonò tremolante. Era logico. Torsi le dita l'una intorno all'altra. «Ehm, sì. Cancello le lezioni.»

«Sì.» Ravil andò davanti alla scrivania e vi si appoggiò.

«Ma i concerti del finesettimana? Non ho nessuno che mi sostituisca.»

Oleg ringhiò per il dispiacere.

«Cancellerai anche quelli, se non avremo risolto il problema» disse Ravil.

Maxim si mise in modo. «Chi vi ha aggrediti sabato?» chiese a Oleg. «Li conoscevi?» Oleg scosse la testa e digitò sul telefono. Ravil lesse ad alta voce traducendo. *Non ho riconosciuto nessuno. Sembravano mercenari.* «Chi ti sta cercando?» chiese Ravil.

Oleg alzò le spalle e digitò di nuovo. *Potrebbe essere chiunque abbia scoperto per chi ho lavorato. Vogliono sapere dove trovarlo, probabilmente. O dove trovare uno dei suoi soci.*

«E tu queste cose le sai?» chiese Ravil.

Oleg scosse la testa e digitò: *Sono passati dodici anni. Sono stato prima in prigione e poi con te. Non so nulla.*

«Ma chiunque ti stia cercando probabilmente insisterà» continuò Maxim.

Oleg annuì.

«Beh, forse la migliore difesa è un buon attacco» disse Maxim.

No. Sentii Oleg dirlo con tutto il suo essere prima ancora di capire di cosa stessero parlando. Non parlò né scosse la testa, ma il suo corpo si irrigidì e le mani si strinsero su di me. A quanto pareva anche Maxim era esperto nella lettura della non-comunicazione di Oleg.

«Sai che ho ragione.»

Oleg scosse la testa.

«Aspettate... di cosa stiamo parlando?» chiesi.

Ravil raccolse le mani sul grembo. «Stiamo parlando di usarti come esca, Story.»

Il freddo mi trafisse, specialmente quando Oleg mi strinse come se qualcuno stesse cercando di strapparmi dalle sue braccia.

«Se non capiamo chi c'è dietro alle aggressioni, non possiamo impedire che continuino. Dovrai rimanere nascosta qui per sempre, e hai già detto di non sopportarlo.» Ravil guardò Oleg. «Andremo tutti al concerto. E non lascerò che nessuno la tocchi. Abbiamo solo bisogno di prendere qualcuno vivo in modo da interrogarlo. Di scoprire chi ti cerca e quali informazioni vuole. E di arrivare in fondo alla faccenda.» Lanciò un'occhiata a Maxim che alzò le mani in segno di resa.

«Lo so. È colpa mia perché ho eliminato i primi tre senza prima aver avuto delle risposte. Ho fatto una cazzata» ammise Maxim.

Oleg scosse la testa.

Oh Dio, ero davvero fuori di testa. «Sì» risposi. «Facciamolo.» Non potevo annullare i concerti. Non c'era nessuno a sostituirmi e non volevo lasciare il locale nei guai. Non era professionale. L'ansia mi agitò lo stomaco, ma mi fidavo della protezione di quei ragazzi. Oleg da solo era una formidabile guardia del corpo. Mi aveva salvata quando era stato attaccato ed ero già nelle mani del nemico. Se la sua banda o i suoi amici o qualsiasi cosa fossero stati presenti, probabilmente sarei stata al sicuro. Inoltre, non potevo rimanere lì più a lungo di quella settimana.

Quasi non riuscivo a percepire il ticchettio della bomba a orologeria della nostra relazione. Ogni minuto che rimanevo scendevo più in profondità con Oleg, cosa che alla fine avrebbe reso la situazione più difficile.

Mi alzai. «Quindi rimango fino a venerdì, e poi ti occuperai tu del problema» riassunsi. «E potrò tornare alla mia vita normale.»

Oleg si alzò, le sopracciglia calate sugli occhi.

Bussarono alla porta.

Dima aprì per far entrare una giovane ventenne snella dai capelli biondo fragola. La seguì.

«Natasha» disse Ravil. Sembrava leggermente sorpreso.

Il nome mi suonò familiare, ma mi ci volle un momento per capire perché.

Poi ricordai: Natasha era la massaggiatrice per cui Dima e Nikolaj avevano discusso.

«Scusa, so che stavi aspettando mia madre. Sta facendo nascere un bambino, ma aveva ricevuto il messaggio di Maxim e mi ha chiesto di portare questo.» La giovane teneva in mano una grande bottiglia di pillole. «Ha detto di dirti che verrà a controllare chiunque abbia l'infezione.» La giovane mi lanciò uno sguardo. «Ehi.»

«Ciao.» Avanzai e presi le pillole. «C'è la posologia?»

«Ha detto di prenderne una ora e una prima di andare a letto, se intanto non è arrivata lei.» Natasha inclinò la testa. «Sono per te?»

Girai la testa in direzione di Oleg. «Sono per Oleg. Ha una ferita. Immagino che sia infetta. Spero che non ci sia altro.»

«Posso vederla? Potrei preparare un cataplasma. Assisto la mamma da quando ero alle elementari e sono una massaggiatrice autorizzata. Conosco tutti i rimedi naturali. Ho tè, tinture, oli essenziali, pomate – dimmi tu.»

Guardai Oleg per vedere se era d'accordo. Naturalmente, come al solito, non trasparì nulla dal suo viso, quindi presi io la decisione per lui. «Sì, ottimo.»

Oleg fece un passo ma perse l'equilibrio, scagliando in fuori una mano per aggrapparsi alla sedia, che quasi rovesciò.

Natasha inciampò di nuovo in Dima, che la afferrò con un braccio intorno alla vita e una mano sul fianco.

«Un aiutino» dissi abbassandomi sotto il braccio di Oleg per sostenerne il corpo massiccio, ma recuperò l'equilibrio da solo. Mi accorsi che Dima non aveva ancora lasciato Natasha. Abbassò la testa come per baciarne la cima del capo o annusarle i capelli, ma si fermò a un centimetro di distanza. Abbassò le palpebre come se avere le mani su di lei fosse un piacere inaspettato. Non la mollò fino a quando lei non si girò verso di lui, arrossì e borbottò qualcosa che non capii. Suonò come "*Spasibo*".

Interessante. Qualcuno aveva una cotta. «Sei russa anche tu?» chiesi seguendola fuori dalla porta. Dima la tenne aperta e poi fece strada lungo il corridoio, come se avessimo bisogno della scorta.

«Sì» sorrise.

«Tutti in questo edificio sono russi?» Lo dissi scherzando, ma Natasha annuì sorridendo. «Sì. Ecco perché viene chiamato Cremlino. Ravil affitta solo a russi e a tassi che non troveremmo da nessun'altra parte in città.»

Si prende cura della sua gente. Sì, come ogni capo mafioso. Era mite, ma avevo percepito tensione in Oleg quando lo aveva interrogato: rispettava e teneva in grande considerazione il suo capo. Ravil esercitava il suo potere silenziosamente.

Erano assassini, tutti. Uomini pericolosi in affari pericolosi. Cercai ancora di infilare quei pensieri in una scatola e dimenticarli, ma in fondo ero rosicchiata dall'ansia. Avevo una soglia di sopportazione alta per traumi e caos, ma cominciavo a sentire il contraccolpo della situazione. Le mie capacità di compartimentazione stavano iniziando a sfibrarsi.

Mentre procedevo, mi accorsi che Oleg poneva il peso soprattutto su una gamba. Non zoppicava, ma quando camminava sull'altra gli si irrigidiva il busto. Cristo, perché non avevo notato prima che non era guarito? C'era stato così tanto da decifrare, interpretare e cercare di capire da quando ero lì. Ero completamente spaesata.

Gli strinsi la mano e lui mi guardò dall'alto. Era debole – una cosa appena percettibile – ma vidi l'ombra di un sorriso agli angoli delle sue labbra. Non volevo pensare a dove stava andando quella storia. A quanto stavo iniziando a sentirmi vicino a lui perché avevo bisogno di prepararmi al fatto che stava diventando qualcosa di reale. Non potevo iniziare a credere che sarebbe durata. Non poteva. Lui era della mafia russa. Io ero allergica alle relazioni. Non poteva funzionare.

Eppure quel fantasma di sorriso produsse lo stesso calore vorticoso che sempre percepivo quando si avvicinava il sabato e sapevo che sarebbe venuto a guardarmi. Pronto a qualsiasi cosa gli avessi proposto: mettermi in piedi sul suo tavolo. Arrampicarmi sulle sue spalle. Prendermi mentre scendevo dal palco.

Attraversammo il soggiorno e la cucina verso la stanza di Oleg. Dima era ancora con noi, ci faceva strada. «Allora, tu che ci fai qui?» chiese Natasha; mi resi conto che era un modo carino di chiedere chi fossi. Non mi ero ancora presentata.

«Sono Story. Un'amica di Oleg.»

«Piacere di conoscerti.»

«Il piacere è mio.»

Dima aprì la porta ed entrò. Tutti noi seguimmo, ma

Oleg esitò, in piedi nel mezzo della stanza. «Togliti i pantaloni, ragazzone» gli dissi.

Si tolse gli stivali e si sbottonò i jeans.

«Oh, ehm. Dov'è la ferita?» chiese Natasha.

Dima si avvicinò come se volesse farle scudo per proteggerla dalla vista indesiderata del pene. Oleg barcollò di nuovo in piedi, e io andai ad aiutarlo a tirare giù con cura i jeans sulla ferita e poi a sedersi.

Porca puttana. La benda era intrisa di giallo e rosso, e quando Natasha si inginocchiò accanto a lui e gliela tolse delicatamente sussultammo entrambe. I bordi della ferita erano gonfi e irritatati, e fuoriusciva del pus. Distolsi lo sguardo, improvvisamente nauseata.

«Va bene, wow. Sicuramente è infetta. Dategli uno di quegli antibiotici per cominciare.» Natasha indicò la bottiglia che avevo in mano io.

Mi misi in azione. «Giusto. Oh mio Dio.» Mi tremavano le mani mentre l'aprivo.

Dima se ne andò e ritornò con un bicchiere d'acqua, che consegnò a Oleg e col quale prese la pillola.

«Vado al piano di sotto a preparare un cataplasma. Avete acqua ossigenata da versare sulla ferita?» disse Natasha.

Guardai Dima, che annuì. «Vado a prenderla.»

«Perché non mi hai detto che non stavi bene?» chiesi.

Oleg mi tirò dall'altra parte e mi fece sedere sul ginocchio buono.

«Oh mio Dio! Ero seduta sulla ferita!»

Scosse la testa.

«No? Potresti morire, per un'infezione come questa. E se avessi l'MRSA? Avrei dovuto portarti in ospedale subito.»

Oleg scosse leggermente la testa e chiuse gli occhi.

«Oleg?»

Aprì gli occhi e mi fissò.

«Probabilmente sei sempre stato male. Perché non me l'hai detto?»

Scosse la testa.

«*Devi* iniziare a comunicare con me.»

«Su questo posso essere d'aiuto.» Dima tornò con l'acqua ossigenata e un panno. Portò anche un tablet, che consegnò a Oleg. «Ho organizzato tutto, amico mio.» Toccò lo schermo, sul quale apparve una tastiera con l'alfabeto cirillico. «Digita qui e lui automaticamente traduce per Story. Può anche leggertelo, anche se non ho trovato una voce con un accento russo.» Sorrise.

Versai l'acqua ossigenata in abbondanza sulla ferita di Oleg, pulendo le gocce con il panno. Inspirai quando fece le bolle e sibilò sulla ferita aperta.

Oleg scrisse qualcosa con l'indice. Era lento. Probabilmente quel dito grande e grosso gli complicava l'azione.

«Tocca qui, per farlo parlare.» Dima indicò lo schermo. Una voce maschile con accento australiano disse: «Non preoccuparti per me, rondinella.»

Incrociai il suo sguardo. «Come si dice rondine in russo?» chiesi.

Oleg guardò lo schermo, come incerto su come cambiare lingua, ma Dima rispose per lui. «*Lastočka.* È così che ti chiama? Posso impostare l'app perché non traduca questa parola, se è il tuo nomignolo.»

Prese il tablet e digitò qualcosa.

Natasha riapparve e curò la ferita con un cataplasma, e poi lei e Dima ci lasciarono soli. Oleg ricadde sul letto. Mi raggomitolai al suo fianco, appoggiando la testa sulla sua spalla.

Mi guardò e indicò il mio petto e poi il suo.

«Io ti appartengo?»

Mostrò un leggero sorriso.

Non avevo capito, ma a lui la mia interpretazione piacque.

Annuì.

«Oleg, io...»

Mi zittì con un dito sulle labbra poi ripeté il gesto, invertendolo.

«Tu mi appartieni?»

Le sue labbra si aprirono di nuovo. Annuì.

Non riuscivo a smettere di fissarlo. Sembrava diversissimo, con quel piccolo sorriso. Molto più giovane. Molto caldo.

Mi apparteneva. Una parte di me avrebbe voluto rifiutare il dono. Perché credere di poterci contare era irrazionale. Sapevo che l'amore non durava. Le persone non si affezionavano. Facevano solo il meglio che potevano mentre tutti gli altri le confondevano. Proprio quello che stavamo facendo io e Oleg al momento. Un momento prezioso, nonostante – no: a causa del dramma che viveva. Volevo credere a quello che mi stava dicendo. Che quell'uomo robusto e stabile per me ci sarebbe stato sempre. Sempre e per sempre. Cosa che non avevo mai avuto da nessuno in vita mia. Chissà... magari era proprio vero.

CAPITOLO DIECI

Oleg

Rimasi senza sensi per il resto del pomeriggio, entrando e uscendo da sogni febbrili. Del tipo peggiore, di quelli che riprendevano proprio da dove la vita reale si era interrotta, quindi non sapevo bene se stessero accadendo davvero o meno. Sapevo che Natasha era tornata a controllarmi la ferita e a cambiare il cataplasma. Dima le stava dietro come la sua guardia del corpo. O forse anche quello era un sogno. In uno dei sogni Story usciva dal Cremlino mentre io dormivo, e lo stronzo con la barba di Rue le sparava a sangue freddo.

In un altro Skal'pel' la operava, rimuovendo la lingua anche a lei in modo che non potesse mai più cantare.

Poi era nella mia stanza con una pistola puntata su di lei. Mi svegliai di colpo, con un grido rauco. Affondai con la mano nel comodino alla ricerca della pistola.

«Ehi.» La voce di Story attraversò la stanza. «Stai

bene?» Era rannicchiata su una sedia vicino ai finestroni, con la chitarra sulle gambe.

Mollai la presa sulla pistola prima che la vedesse; avevo il polso accelerato. *Bljad'*. E se l'avessi puntata verso di lei prima di schiarirmi le idee? Il pensiero non aiutò a calmare il mio cuore martellante.

Story mise giù la chitarra e venne al letto. Aveva un modo di muoversi più infantile che sensuale. Saltellava. Salì sul letto con un balzo invece di salirci. Faceva parte di ciò che la rendeva così affascinante per me. Scostò le coperte e infilò le gambe nel letto per sedersi accanto a me, poi mi spinse sotto il naso l'iPad portato da Dima.

Lo fissai per un momento, ricordando cos'avrei dovuto farci.

Ho fatto un brutto sogno, scrissi. Il *mudak* australiano glielo lesse a voce alta.

«Su cosa?» chiese.

La indicai. *Ho sognato che avevano tagliato la lingua anche a te*. Cazzo. Mi sentivo proprio nudo ed esposto a dar voce al mio incubo, ma Story aveva chiesto che comunicassi. «Bisturi?» chiese.

Annuii.

«Chi era lui per te?» I suoi occhi nocciola mi scrutavano in volto.

Dannazione. Non avevo mai raccontato quella storia; non che avessi mai parlato del mio passato. Ma Story ovviamente meritava di sapere. Guardai torvo le lettere, usando entrambi gli indici per scrivere. *Quando avevo quattordici anni, mia madre accettò un posto di addetta alle pulizie da un ricco chirurgo plastico di nome Andrjuša Orlov. A volte l'aiutavo dopo la scuola, e il dottore mi piaceva. Mi pagava per dei lavoretti saltuari e aveva un atteggiamento paterno con me.*

«Ce l'avevi un padre?» chiese, piegando le sue gambe

sottili per sedersi a gambe incrociate. Scossi la testa. *Non l'ho mai conosciuto. Se ne andò quando ero piccolo.*

«Mi dispiace.»

Feci spallucce. *Quando avevo diciassette anni, il dottor Orlov mi chiese se volessi un lavoro come sua guardia del corpo personale. Ero già quasi di questa stazza. Aveva una squadra di sicurezza, e a capo c'era un ex militare. Mi addestrò a sparare con la pistola. A combattere a mani nude. Mi insegnò settantadue modi di uccidere un uomo. Non sapevo perché Orlov avesse bisogno di protezione, ma non mi importava. Venivo pagato più di quello che mia madre faceva come governante, e mi sentivo uomo. Poi cominciò a portarmi alle riunioni che teneva altri nei ristoranti o nei bar pubblici. Partecipavo a riunioni in cui passavano di mano grandi somme. Nei successivi cinque anni assistetti sempre più al business relativo al cambio di identità messo in piedi da Orlov.*

Poi le cose si fecero troppo scottanti. La bratva di San Pietroburgo venne a cercarlo quando scoprì che aveva eseguito un intervento su uno che volevano morto. Uccisi tre uomini che si presentarono alla sua residenza. La cosa mi spaventò.

Provai a smettere. Lui mi persuase a rimanere solo fino a quando non avesse chiuso l'operazione: cambiò identità e scomparve. Smisi di digitare.

Il resto della storia non valeva la pena di essere raccontato.

Story fece scivolare la mano nella mia. «E come ringraziamento ti tagliò la lingua.»

Mi strofinai la testa dolorante e annuii.

«Dov'è tua madre?» chiese Story.

Il dolore mi trafisse il petto. La mia dolce, onesta, laboriosa mamma… *Perse figlio e lavoro quando Skal'pel' se ne andò,* scrissi.

«Sa che sei vivo?»

Mi strofinai di nuovo la testa.

«Oleg?» Story sporse la testa in avanti per esaminarmi in viso.

Mi vergognavo troppo per rivederla. Ero andato direttamente dalla prigione a Chicago. Avevo bisogno di un nuovo inizio.

Story mi appoggiò la testa sulla spalla, accoccolando il corpo contro il mio, piegando le ginocchia sopra la parte superiore delle mie cosce. «Odio quello che ti è successo.» Aveva la voce strozzata.

Le accarezzai la guancia, spostandole i capelli dietro all'orecchio. Riaffrontare il mio passato di merda era stato tremendo, ma ora che era uscito tutto – ora che Story lo conosceva e che Ravil e Maxim ne sapevano una parte – qualcosa che per tanti anni era rimasto bloccato si era spostato. Avevo usato il mio dolore come muro per tenere tutti fuori. Per tenere me stesso fuori. Ero un mezzo uomo che a malapena viveva una mezza vita.

Mi mancava molto più della lingua.

Ma ora il muro era caduto.

La strada era tutt'altro che pulita. C'erano fottute macerie ovunque. Ma ero disposto ad affrontarla.

«Dovresti contattare tua madre» disse Story, infilando le dita tra le mie. «Scommetto che è distrutta dal fatto di non avere tue notizie.»

Mi si strinse il petto e cercai di soffocare un nodo alla gola. Annui il mio consenso.

«A proposito di madri… devo chiamare la mia. È una specie di disastro.» Story scivolò giù dal letto e recuperò il suo telefono retrò.

Digitai sull'iPad, *cos'è successo?*

Era strano avere una vera conversazione in senso generale, ma Story lo rendeva possibile.

Tornò al letto e si risistemò a gambe incrociate. «Soffre di depressione. Incredibile, ma totalmente inaffidabile come genitore. Delle due, il genitore sono più io. Voglio dire, quando le cose vanno bene c'è, per me, per Flynn e per Dahlia, la nostra sorellina. Ma la sua vita è una montagna russa di innamoramenti e devastazione. E l'ultima volta che ci ho parlato pareva che le cose stessero andando a rotoli con il suo compagno, Sam. Faccio solo una telefonata di controllo.» Compose un numero mentre io scrivevo sull'iPad. «Ehi, mamma. Volevo solo sapere come stai. Chiamami quando senti il messaggio.» Chiuse il telefono. «Segreteria.»

È stata dura per te. Passai l'iPad a Story. Ero stufo dello stronzo australiano che parlava per me. Preferivo che leggesse.

«È andata bene. Mi sono sentita amata. Solo che non potevo contare su nessuno.»

Puoi contare su di me, avrei voluto dirle, ma mi trattenni. Lei si tratteneva quando si trattava di impegno, e io non ero in grado di insistere. Non quando non riuscivo nemmeno a tenerla al sicuro.

«Anche la vita di mio padre è stata una follia, tutta sesso, droga e rock 'n roll. Ora temo che Flynn stia prendendo quella strada, sai?» Aveva gli occhi lucidi, pieni di lacrime che ricacciò indietro battendo le palpebre. «Ma la musica è davvero l'unica cosa che abbiamo. È ciò che tiene unita la nostra famiglia, anche se non è la forza unificante più stabile. Non potei andare al college perché la situazione della mamma era assurda: non faceva che entrare e uscire dagli ospedali psichiatrici. Dovetti restare a casa ad assicurarmi che Flynn e Dahlia stessero bene. Così io e mio fratello siamo finiti in una band. Solo Dahlia ha studiato.»

Cos'altro ti piacerebbe fare? Scrissi. *Se potessi?*

Story gettò il telefono nella borsa. «Non lo so. Non ci ho mai nemmeno pensato. Forse non farei niente di diverso. Adoro la band. E mi piace insegnare chitarra. Davvero. E funziona, sai?»

La studiai, cercando di decifrare se ci fosse qualcosa di nascosto da decodificare, ma le mie capacità in conversazione e in donne erano così carenti che potevo solo prendere le sue parole per buone. Riprovai. *Cos'avresti studiato se fossi andata al college?*

«Probabilmente qualcosa di completamente inutile, come letteratura francese. O storia dell'arte.» Fece spallucce e mi rivolse un sorriso impacciato.

Quanto l'amavo, cazzo.

Toccò l'iPad.

«Mi piace parlare con te.»

Sei mia per i prossimi cinque giorni, scrissi. Non mi avventurai in nulla di più permanente, anche se non avevo intenzione di rinunciare a lei. Mai.

«Immagino di sì. Faresti meglio a riprenderti, così possiamo uscire. Voglio dire, guardarti dormire è divertente e tutto, ma ...»

Mi strappò un sorriso. Un'espressione sconosciuta che in sua presenza compariva sempre di più.

Sto già meglio, le dissi, anche se non era del tutto vero. Mi faceva male la testa e probabilmente avrei potuto riaddormentarmi di nuovo in un batter d'occhio. *Domani ti distruggerò.*

Inspirò e mi lanciò uno sguardo eccitato. «È una frase piccante?»

Annuii, e il suo sorriso si allargò.

«Oh mio Dio, non vedo l'ora di sentire tutti i pensieri sporchi che hai in quella tua testona.»

Inarcai un sopracciglio. *Attenta a ciò che desideri.*

Story mi cavalcò le ginocchia, strofinando il nucleo caldo sul mio barzotto, trasformandolo in un osso a tutti gli effetti. «Quanto ti senti meglio?» fece le fusa.

Abbastanza bene da scoparti a morte, šalun'ja, scrissi senza tradurre il nomignolo, quindi buttai via l'iPad e la capovolsi sulla schiena.

«Spero che *šalun'ja* significhi qualcosa di molto cattivo.»

Mi sollevò la camicia. Ringhiai e ne rivendicai la bocca, mostrandole esattamente come trattavo la mia piccola civetta quando faceva la cattiva.

CAPITOLO UNDICI

Oleg

Mi svegliai e mi accorsi che Story non c'era.

Volai fuori dal letto e mi buttai lungo il corridoio in boxer e maglietta. Il soggiorno era illuminato dalla luce diurna.

Cazzo. Avevo perso di nuovo tempo? Quanto?

Vagamente, mi venne in mente di aver dormito per tutto il pomeriggio e la sera.

Story era rimasta con me, suonando dolcemente la chitarra e muovendosi per la stanza. Ricordai vagamente Sasha che la invitava a tavola, non so se per pranzo o cena. Forse entrambi.

Doveva essere stato ieri.

«Ehi, ragazzone. Come ti senti?» chiese Nikolaj dal divano. Stava mangiando ciambelle da una confezione posata sul tavolino.

Scagliai le braccia in aria dalla frustrazione, chiedendomi dove fosse finita Story. «Rilassati.» Maxim uscì dalla cucina bevendo un bicchiere di succo di pompelmo. «Story è sul tetto con Sasha.»

Il tetto. Scossi la testa, già alla porta. «Sono al sicuro lassù; altrimenti pensi che gli permetterei di andarci? Non c'è visuale libera su quel tetto da nessuna direzione. Te lo garantisco.» Rilassai leggermente la presa sulla maniglia, chiedendomi se non fosse il caso di andare a mettermi i pantaloni prima di piombare lassù, dal momento che non era un'emergenza, quando udii delle urla e il suono di proiettili che perforavano il metallo dal tetto. Tutti nell'attico volarono in azione. Aprii la porta, correndo. I passi dei miei fratelli risuonavano alle mie spalle, Maxim era dietro di me. Pavel e Nikolaj più indietro, entrambi con le pistole puntate. Salii tre gradini alla volta e aprii la porta del tetto con un colpo. Sasha e Story erano accovacciate vicine nella vasca idromassaggio e si coprivano la testa. «Ci sparano!» urlò Sasha a Maxim in russo. Maxim girò vorticosamente per controllare gli edifici intorno a noi e calmando le donne allo stesso tempo. «Va tutto bene» disse loro. «Non c'è visuale libera. Ve lo garantisco. Nei luoghi in cui avrebbe potuto essercene una, abbiamo messo il vetro antiproiettile.»

Avrei voluto uccidere Maxim per aver lasciato Story fuori dal suo controllo, ma mi sforzai di metabolizzare le sue parole. Non erano davvero in pericolo. Ravil e Dima arrivarono sul tetto, anche loro con le pistole in mano. Venne sparato qualche altro colpo, e mi accorsi che Maxim aveva ragione.

Presero l'unità di ventilazione, e i colpi rimbalzarono sulle finestre antiproiettile sottostanti. «Laggiù.» Ravil indicò l'edificio accanto a noi, a cui mancava una finestra.

«Mandate subito una squadra nell'edificio» abbaiò. Non riuscivo a pensare a nient'altro che a raggiungere a Story. Corsi alla vasca e presi uno degli asciugamani posati sulla sedia per tirarla fuori. Non indossava nient'altro che le mutandine, e avrei voluto uccidere ognuno dei miei fratelli bratva per averle intravisto le tette… non che stessero guardando. Si arrampicò fuori e mi saltò addosso, a cavallo della vita, con le braccia intorno al collo, inzuppandomi i vestiti d'acqua calda. Le avvolsi l'asciugamano intorno alla schiena, stringendola.

Maxim tirò Sasha fuori dalla vasca e la prese tra le braccia.

Ancora non respiravo. Non ero in grado di arrestare il terrore che mi scorreva nelle vene. «È un messaggio», disse Ravil tristemente. «Stanno cercando di spaventarti.»

Li avrei uccisi tutti. Fino all'ultimo che aveva minacciato la vita di Story. Mi girai e controllai il tetto, portandomi dietro Story neanche fosse stata l'unica cosa a tenermi in vita.

«Sto bene» mi mormorò all'orecchio, anche se si aggrappava a me con la stessa forza che aveva usato quando mi si era gettata tra le braccia.

«Ci siamo solo spaventate. Non sapevamo di non poter essere colpite.» La mia rondinella. Non avrei mai più voluto metterla giù.

La portai nella mia camera da letto e camminai in circolo con lei. «Sto bene» ripeté. Appoggiò la guancia contro la mia. «La febbre ti è scesa. Ti senti meglio?» Feci un altro cerchio. «Mettimi giù, ragazzone. Ho bisogno di vestirmi. Ah, ma non ho vestiti.» La posai delicatamente sul comò e pescai una maglietta a maniche lunghe per lei mentre si toglieva le mutandine bagnate. Si infilò la maglia sopra la testa.

Le maniche le scendevano sulle mani, facendola sembrare una bambola di pezza. Rise e sfilò le braccia dalle maniche, poi le spinse verso l'alto attraverso il foro del collo, portandolo giù sotto le ascelle. Legò le maniche lunghe sotto il seno, creando una camicia senza spalline.

Era bohémien e bellissima. La raccolsi di nuovo tra le mie braccia e le baciai la fronte.

«Sto bene» disse di nuovo. «Dai, torniamo là fuori a parlare della cosa.» Sapevo che aveva ragione, ma avrei preferito tenerla chiusa in camera. A tempo indeterminato.

Ero anche estremamente distratto, sapendo che non portava le mutandine sotto la mia maglietta. La mia mano le coprì il culo mentre uscivamo; i polpastrelli le tracciarono la curva dei glutei. Girò testa verso di me e mi regalò un sorriso segreto.

Erano tutti in salotto quando arrivammo. Anche Sasha si era cambiata, e Lucy era in piedi con il piccolo Benjamin in braccio: gli accarezzava il sederino con il pannolino. Aveva l'espressione tirata. Ero sicuro che all'avvocato di alto livello non piacesse l'idea che le violenze bratva si avvicinassero a suo figlio. In fondo era stato per quello che all'inizio aveva cercato di nascondere la gravidanza a Ravil. Ravil l'aveva conquistata solo dopo averla rapita e tenuta prigioniera.

«Siamo arrivati tardi. La squadra ha trovato l'edificio da cui hanno sparato, ma il tiratore era già fuggito» mi riferì Maxim.

Cazzo.

Incrociai lo sguardo di Sasha e puntai il dito sull'abito improvvisato di Story e poi la guardai con aria interrogativa. «Story ha bisogno di vestiti!» indovinò Sasha. Le fece un cenno. «Avevo intenzione di prendertene alcuni quando fossimo uscite. Vieni con me.» Scomparvero insieme in camera da letto e, quando ne emersero, Story aveva un paio di leggings sotto la mia camicia e una felpa con cappuccio rosa a coprire le braccia. In tutto e per tutto la rockstar che era. «Senti, avrò bisogno di andare a prendere alcune cose, se devo rimanere qui tutta la settimana» disse.

Passerà sul mio cadavere prima di lasciare questo posto. Scossi la testa.

Maxim e Ravil si scambiarono un'occhiata.

«Non è una cattiva idea» disse Maxim a me. «Sarebbe semplicemente un passo ulteriore del piano andare a casa sua. Sarebbe più facile tener d'occhio le cose lì che al locale.»

Story mi guardò.

Scossi la testa verso di lei.

«Non è necessario che Story venga. Voi due potreste stare qui, dove non possono toccarvi. Mandiamo una squadra nell'appartamento a prendere le sue cose. Se vediamo qualcuno, lo prendiamo» disse Ravil.

Annuii. Avrei accettato qualsiasi piano che non coinvolgesse Story.

Presi la carta e la matita ancora sul bancone da prima e scrissi, *non vedo come possa funzionare senza che venga anch'io.* Consegnai il biglietto a Ravil.

Lo lesse ad alta voce. «Vero. Allora vieni anche tu. Story resta qui. Tu farai da esca. Così è molto più semplice. Dobbiamo risolvere la situazione immediatamente.»

«Mi piacerebbe venire, però» disse Story. «Sai, giusto per capire di cosa ho bisogno.» Scossi la testa.

«Oleg, sei irr…»

Chiusi l'argomento sbattendo il pugno sul muro accanto a me. Non intendevo dimostrare la mia aggressività, ma le avevano puntato una pistola alla testa e ora le avevano sparato. Non c'era nessun cazzo di motivo per cui avrei permesso che si mettesse di nuovo in pericolo quando non era necessario.

«Ehi» scattò, con gli occhi che lampeggiavano. Chiaramente non aveva paura di me, il che era un sollievo.

Anzi, si alzò per pararmisi davanti alla faccia – beh,

per quanto possibile dato quant'era più bassa di me – e puntò il dito.

«Non farlo *mai più*.»

Sbattei le palpebre.

Sapevo che avrei dovuto scusarmi, ma non potevo mica promettere che non sarebbe accaduto di nuovo. Ero fottutamente irrazionale quando si trattava della sua sicurezza.

«Ha più coraggio di me» borbottò Pavel. «Già» rispose Dima.

«Come se potesse mai farle del male» li schernì Sasha. «Voi due siete un'altra una storia.»

«Story resta qui.» L'autorità di Ravil pose fine a qualsiasi discussione. «Oleg viene. Maxim, organizza tutto. Partiamo tra un'ora.»

«Tu no» lo avvertì Lucy, con gli occhi spalancati dall'angolo della sala.

Ravil esitò, posò lo sguardo sul bambino e sulla madre.

«Il *pachan* rimane» disse Maxim, come se fosse lui il capo al posto di Ravil.

Sapeva che Ravil non avrebbe scelto di proteggersi e che il suo matrimonio dipendeva dalla sua capacità di proteggere la propria famiglia dalla violenza della bratva.

Mi odiavo per aver portato tanta violenza su di loro. Se avessi avuto una qualche decenza, me ne sarei andato. Sarei uscito da solo, mi sarei offerto ai teppisti che mi cercavano e avrei liberato tutti gli altri, specialmente Story, dal pericolo che gli stavo scaricando addosso. Ma lasciare Story sembrava impossibile. La mia vita era iniziata la notte in cui l'avevo portata a casa. Mi ero svegliato dal mondo dei morti. Volevo connettermi. Condividere. E così ora ero intrappolato, in bilico tra la necessità di tenere Story con me e quella di proteggerla.

~

Story

Feci una lista di cose che mi servivano, e i ragazzi se ne andarono. Ne avevo vista di merda nella mia vita. Avevo visto i miei genitori avere il tipo di discussioni da piatti volanti e mobili rotti. Avevo dovuto prendermi cura della mamma che entrava e usciva dagli ospedali psichiatrici. Mi ero occupata di mio fratello quando si era infilato in un brutto giro di droga. Alle medie la mia migliore amica si era tagliata i polsi e io ero rimasta accanto a lei all'ospedale.

Mi consideravo resiliente. Era per questo che non ero andata completamente fuori di testa quando avevo trovato Oleg aggredito e sanguinante nel furgone. Né quando l'avevo visto uccidere i miei tre aggressori. Avevo eretto un'alta tolleranza al trauma.

Ma in quel momento ero agitata come non mai. Avevo lo stomaco in gola e non mi ero mai sentita così impotente. L'idea che potesse accadere qualcosa a Oleg mi terrorizzava. Passeggiai lungo le finestre che si affacciavano sul lago nel soggiorno dell'attico, troppo agitata per mettere insieme i pensieri. Sasha mi guardò con empatia.

«Se la caverà. Così come tutti.»

La guardai per vedere se stava cercando di convincere se stessa.

Le sue dita erano intrecciate strette e anche lei vagava senza meta.

Però disse: «Sono tosti.»

«Sì.»

Ricordavo quanto Oleg fosse sembrato efficiente e abile da Rue. Sapeva cosa stava facendo, e non era il solo.

«Ti aiuta suonare quando stai cercando di non pensare?»

«Sì.»

«Vuoi prendere la chitarra?»

«Non ti dispiace?»

«Stai scherzando? Anch'io ho bisogno di distrarmi.»

«E il bambino?» chiesi.

Sasha fece uno svolazzo della mano. «Oh, lo abbiamo abituato a dormire in qualsiasi situazione.»

Andai nella stanza di Oleg a prendere la chitarra. Quando la riportai indietro, la accordai e strimpellai senza pensare.

«Qual è il tuo genere preferito?» chiesi a Sasha.

«Oh, roba stupida. Top quaranta. Suona quello che ti va.»

Suonai l'intero album degli Storyteller con il pilota automatico, cercando solo di proseguire.

«È tutta musica originale?» mi chiese quando finii.

Annuii assente. Il chiasso che avevo nella testa era davvero forte.

«Ce l'avete un manager?»

Risi. «Sì: io.»

«No, avete bisogno di uno vero. Di qualcuno che vi promuova per bene. Che vi faccia scritturare fuori da Chicago. Se ampliaste i vostri orizzonti scommetto che avreste un contratto discografico. Dico sul serio.»

Fui salvata dal deviare il consiglio ben intenzionato dall'apertura della porta.

Oleg entrò per primo, e quasi caddi a terra per il sollievo.

Mollai la chitarra, corsi addirittura sopra la parte superiore del divano – un piede sul cuscino, l'altro sullo schienale – e lo assalii, avvolgendogli le gambe intorno alla vita.

Lui mi prese e mi fece girare e mi inchiodò la schiena contro una parete, reclamando la mia bocca con un'intensità che mi fece arricciare le dita dei piedi. Quando provò ad allontanarsi non glielo permisi, inseguendogli le labbra con le mie per averne ancora. Usai la lingua, sperando che non gli desse fastidio il fatto di non poter fare lo stesso. Non sembrò. Mi palpeggiò il culo e mi fece scendere i fianchi più in basso, in modo da poter macinare il rigonfiamento dell'erezione tra le mie gambe.

«C'erano, ma hanno visto il resto di noi e sono scappati» sentii Maxim dire a Ravil. «Pavel e io abbiamo inseguito la loro auto e abbiamo recuperato un numero di targa. Sarà a noleggio, ma forse Dima può rintracciarli.»

«Ci sto già lavorando» Dima si era teletrasportato in qualche modo alla postazione di lavoro, dove le sue dita ora volavano sui tasti.

Oleg mi mise giù e portò le mie cose nella sua stanza, poi tornammo in salotto, dove mi raggomitolai sulle sue ginocchia sul grande divano rosso. Accesero la tv e Netflix e Nikolaj scelse *Arrested Development*. Il sollievo di fare qualcosa di normale, di riavere Oleg, il suo calmarmi furono così grandi che quasi mi addormentai.

«Beh, qualcosa ho trovato. Nel dark web russo c'è una taglia da tre milioni di dollari per chi cattura Oleg vivo» disse Dima. «Pare provenga da un'altra cellula bratva.» Lesse ad alta voce, *Soggetto: Sicario bratva parte della cellula di Ravil Baranov. Residenza: roccaforte bratva ben custodita, probabilmente impossibile da penetrare. È noto frequentatore di un locale chiamato Rue's Lounge, possibile interesse sentimentale.* E c'è una foto di Story al tavolo di Oleg.»

Un muscolo si tese nella mascella di Oleg.

Dima alzò la testa. «Io propongo di consegnarlo e incassare la ricompensa.»

Oleg si irrigidì, alzò la testa.

«Scherzo» disse serio Dima. «*Gospodi*, Oleg, pensi davvero che ti venderemmo?»

«Metti un annuncio» disse Ravil.

«Oleg mi appartiene. Chiunque tenti di toccarlo muore. Se qualcuno vuole le informazioni che ha nella testa, quelle sono in vendita. Può parlare con me.»

Oleg parve smettere di respirare.

«Ti sta bene?» gli mormorai all'orecchio.

Deglutì e poi annuì.

«Metto l'annuncio» mormorò Dima, ma il suo viso era concentrato sullo schermo, le dita volavano sopra i tasti. «Non è esattamente così che funziona, ma capisco.»

Ravil guardò Oleg.

«Ho già avuto una chiamata da Kuznec a Mosca. Vuole dei nomi. Li hai?»

Scosse di nuovo la testa.

«Solo volti?»

Oleg annuì.

«E sono passati anni. Non sarà utile a nessuno. Puoi metterlo sul dark web?» chiese a Dima.

Dima sbuffò ma continua a digitare. «Metto un avviso» disse sarcasticamente, ma stava anche ondeggiando la testa, come facendo tutto il possibile.

«Così Oleg sarà al sicuro?» chiesi.

Ravil annuì. «Ci penso io. Nessuno lo toccherà senza il mio consenso, il che significa che nessuno lo toccherà.» Un brivido mi corse lungo la spina dorsale, perché potevo praticamente sentire il pericolo irradiato da Ravil. Almeno stava dalla parte di Oleg. Non mi sarebbe piaciuto essere dalla parte sbagliata.

CAPITOLO DODICI

Oleg

«Ehi, grazie, amico» disse Flynn quando venerdì sera misi giù il pesante amplificatore sul palco di un birrificio.

Quasi me ne andai senza ascoltarlo – come avrebbe fatto il vecchio me – ma poi mi voltai e annuii. Story mi stava cambiando. Mi stava riportando al mondo dei vivi. A comunicare. A dare e a ricevere dalle persone che mi circondavano. Una cosa semplicissima eppure profonda.

Fui ricompensato con un grande sorriso uguale a quello di Story. Avevo portato Story al concerto degli Storyteller, e tutta la banda era venuta per sicurezza, ma Ravil credeva che Story e io fossimo al sicuro ora.

Secondo Dima, tutto l'interesse per me era calato dal dark web. Là fuori non c'erano più contratti che mi coinvolgevano. Avevo risposto sia a Kuznec, il nuovo *pachan* di Mosca, sia a un altro capo bratva in Russia.

Avevo detto a entrambi tutto quello che sapevo. Ricordavo molte persone che avevano cambiato i connotati. Ma non ne conoscevo le nuove identità. Non mi era stata data un'unità USB segreta con tutte le informazioni che avevo

tenuto con me in tanti anni. Dopo diverse ore di interroga-
tori, entrambi i capi avevano ritenuto che fossi piuttosto
inutile.

Era il nostro test. Eravamo fuori, in pubblico, totalmente esposti. Ero elettrico, nervosissimo, ma l'animata
esuberanza di Story per l'esibizione mi costringeva a
nasconderlo per il suo bene.

Dopo aver trasportato tutte le attrezzature pesanti della
band, trovai un tavolo sul lato della sala. Non era il locale
Rue, quindi non c'era un posto più vicino al palco, ma
avevo le spalle contro il muro e potevo vedere tutti, quindi
andava bene.

Sasha e Maxim si accomodarono accanto a me. Pavel e
Adrian trovarono un altro tavolo, Dima e Nikolaj si posi-
zionarono contro la parete opposta. Avevamo tutti le
armi… non che avessimo intenzione di usarle. Sasha
ordinò un Cosmopolitan. Maxim uno Stoli con ghiaccio.
Alzai le sopracciglia e puntai il dito quando ordinò, indicando che avrei preso lo stesso. Avevo con me l'iPad che
Dima mi aveva dato. Avrei potuto ordinare tutto ciò che
volevo. C'era un senso di leggerezza in quella libertà. Non
avevo mai capito quanto mi fossi incatenato non avendoci
mai provato. E non a causa di Dima, che avrebbe potuto
darmi il dispositivo secoli fa. Quel ragazzo poteva praticamente fare qualsiasi cosa. Semplicemente non ci avevo
provato. Non mi importava di non poter comunicare. O
pensavo che non mi importasse. Story ora l'aveva resa una
cosa importante.

Quando non ero impegnato a controllare la folla in
cerca di pericoli, i miei occhi la seguivano ovunque si
muovesse. Era un dato di fatto. Se era in una stanza, il mio
sguardo le stava incollato.

Ma stavolta era diverso. Ora era mia.

Sapevo che aveva paura di impegnarsi. La sua situazione familiare le aveva reso difficile accettare la stabilità. Quello della provvisorietà era gioco che faceva da troppo tempo, ormai. Ma sapevo che si preoccupava per me. Sapevo che le piaceva come la toccavo. Riuscivo ad accenderla come lei riusciva a fare con me. Avevo intenzione di dimostrarle che non sarei andato da nessuna parte. Che sarei stato solido come una roccia per lei fino a quando non avessi esalato l'ultimo respiro.

Mi lanciò occhiate segrete mentre sintonizzava la chitarra elettrica e controllava il microfono. Anche prima mi dava retta, ma non così. Ora tutto di lei diceva che era lì con me. La band era venuta al Cremlino nel pomeriggio per esercitarsi. Ravil aveva permesso loro di usare un ufficio in un piano al momento per lo più vuoto. Io avevo assistito, per non lasciare Story da sola neanche per un istante.

«Il tuo ragazzo mi sta rendendo nervoso» si era lamentato Flynn a un certo punto, quando continuava a incasinare gli accordi.

Lei allora mi aveva rivolto un sorriso sbilenco, pieno di fascino spensierato. Gli altri due avevano a malapena detto una parola, e mi ero reso conto che probabilmente li rendevo tutti nervosi.

Stavo per usare l'iPad per dire che avrei aspettato fuori, ma Story gli aveva detto: «Abituatevi. Oleg sta con noi adesso.» E, con tale semplicità, apparentemente ero stato accettato dalla band. Cosa che fino ad appena poche settimane prima sembrava solo una fantasia.

Ora mi vedevo come il loro tecnico, incaricato di trasportare e allestire l'attrezzatura pesante. Di proteggere la band. Idea che mi piaceva.

«Dovremmo trovargli un manager» disse Sasha, anche lei presente. «Sono bravissimi. Non posso credere che non siano cresciuti.»

Maxim annuì con aria assente. Come me continuava a perlustrare il club con uno sguardo vigile.

«Beh, lo farò io fino a quando non riusciremo a trovare qualcuno» propose Sasha.

La guardai. Senza nemmeno esitare stavolta, resi la mia espressione viva e leggibile. Sollevai le sopracciglia e allargai le mani. Sasha sembrò capire.

«Per loro lo farei di sicuro. Sarò bravissimo anche in questo.» Soffiò sulle unghie e finse di tamponarsele sulla manica.

«Sicuramente» concordò Maxim.

Annuii.

Usai il linguaggio dei segni per ringraziarla. Story aveva trascorso gli ultimi giorni facendomi guardare video di YouTube con lei per impararne le basi. Chissà perché non ci avevo mai pensato.

«Prego» disse con un sorriso Sasha. Anche lei aveva già imparato la maggior parte dei segni.

La band recuperò gli strumenti e Story prese il microfono.

«Ciao a tutti, io sono Story Taylor e noi siamo gli Storyteller. Grazie al Windy City Brew per averci invitati oggi.»

Non aspettò risposta: la band iniziò con uno dei suoi brani allegri.

Le persone che non le avevano prestato attenzione mentre parlava iniziarono a muovere la testa a tempo con la musica.

Una strana sensazione mi pervase. Contentezza.

Era come se tutto il piacere che avevo provato ogni volta che avevo visto Story esibirsi si fosse condensato in quel singolo momento.

Perché ora era mia.

Quella ragazza straordinaria mi apparteneva. La notte

l'aveva passata nel mio letto. Aveva lasciato che la legassi e la violentassi tutta.

Controllai di nuovo la folla, facendo scrocchiare le nocche. Il pensiero che cercassero di farle ancora del male mi rendeva letale. Ma non vedevo nulla di strano. Nessuno che si distinguesse come anomalo.

Anche i miei fratelli guardavano. Neanche loro avrebbero permesso che accadesse qualcosa a Story. Avrei dovuto fidarmi di loro e raccontargli i dettagli del mio brutto passato molto tempo prima. Story si trascinò nella canzone successiva e poi in un'altra. Il pub ora era vivo, c'era gente felice che parlava, gente che ascoltava. Nessuno ballava ancora, ma di solito non succedeva fino a tardi. Gli Storyteller avevano perfezionato l'arte di suonare il groove giusto per ogni momento per raccoglierne i frutti alla fine, quando le bevande avrebbero reso la folla felice e disinvolta. Pronta a ballare.

Quando la band andò in pausa, Story si diresse verso il mio tavolo e si lasciò cadere sul mio grembo. Le fasciai la vita con un braccio, sentendomi alto come una montagna.

Sei stata fantastica, digitai sull'iPad.

Si girò per baciarmi. Un bacio lungo e persistente che probabilmente mise a disagio Maxim e Sasha. «Adoro averti ai miei spettacoli.»

Sono così fottutamente dispiaciuto di essermi perso l'ultimo, scrissi. Sapevo di averla delusa, e ora che avevamo i mezzi per comunicare avevo bisogno di spiegarmi. *Ho dormito troppo a causa della commozione cerebrale. Prometto che non ne perderò mai più un altro.*

Mi guardò a lungo, poi mi prese il viso con entrambe le mani. «Ti credo.» C'era uno sguardo di meraviglia sul suo volto. «È davvero spaventoso per me. Mi aspetto solo che le persone mi deludano, e poi vengo piacevolmente sorpresa quando non lo fanno. Ma con te... non so. Potrei arrivare a...» – deglutì – «dipendere da te.»

Dipendere da me, scrissi.

Sorrise. *Vieni a vivere con me,* scrissi.

Si bloccò, sbatté le palpebre mentre gli occhi passavano dalle parole sull'iPad al mio viso e di nuovo all'iPad.

Bljad'. Troppo presto.

Ti voglio nel mio letto. Cercai di alleggerire buttandola sul sesso. *Ogni notte.*

Funzionò. Sorrise.

«Terrorizzeresti tutti i miei studenti di chitarra.»

Oh cazzo. Lo stava davvero prendendo in considerazione?

Insonorizzeremo l'ufficio vuoto per te e la band, lo prometto. Certo, avrei dovuto parlarne con Ravil, ma avrei fatto qualsiasi cosa per far sì che succedesse, per lei.

Trattenne il labbro inferiore tra i denti. «Va bene.»

Ero così preso dallo studiare la mia prossima proposta per fare in modo che accettasse che a malapena elaborai ciò che aveva detto.

Alzai le sopracciglia incredulo.

Rise e annuì. «Proviamoci.» Fece spallucce. «Mi piacerebbe vivere con te e il gruppo.»

«Come?» ci interruppe Maxim. «Ho sentito bene, ti trasferisci da noi?»

Story scrollò le spalle con un grande sorriso. «Beh, avete una grande piscina sul tetto.»

Sasha gettò indietro la testa e rise. Indicò Story. «Io e te faremo un gran casino insieme al Cremlino.»

Maxim gemette, ma con espressione indulgente. Era pazzo della sua sposa selvaggia e indisciplinata.

Story sollevò il bicchiere d'acqua e brindò con tutti noi. «Al gran casino.»

~

STORY

Oleg mi spinse contro la fiancata della sua Denali, premendo l'enorme corpo contro il mio. Con la bocca mi trovò il collo, e mi morse, insinuandomi la coscia tra le gambe per farmi strofinare.

«Hai intenzione di darmelo di nuovo duro?» chiesi senza fiato.

Le sue grandi mani mi afferrarono il culo e mi ringhiò nell'orecchio.

Ero già calda per lui: esibirmi mi arrapava e lo stesso mi provocava sedermi sulle sue ginocchia nelle pause. Adoravo come mi sentivo a essere reclamata da lui. Mi sollevò per i fianchi e mi si strofinò addosso; il rigonfiamento del cazzo premette proprio contro il mio punto debole.

«Promesso?» chiesi.

Ridacchiò. La prima risatina che avessi mai sentito da lui.

Poi mi fece scendere delicatamente, mi aprì la portiera e mi sollevò − non mi aiutò − mi *sollevò* letteralmente per portarmi dentro e mettermi sul sedile. A quel ragazzo piaceva maneggiarmi. E a me piaceva essere maneggiata. Ingranò la marcia e diede un colpo di clacson a Maxim e Sasha, che stavano aspettando in una splendida Lamborghini blu per assicurarsi che uscissimo di lì sani e salvi.

«Ci vogliono di nuovo il mese prossimo» dissi felice a Oleg.

«Ero dentro a riscuotere il compenso quando è arrivata Sasha e si è presentata come la nostra manager.»

Oleg mi lanciò un'occhiata mentre guidava.

«Fondamentalmente gli ha chiesto se fosse contento di come avevamo animato il posto e poi quando gli sarebbe piaciuto riaverci e se voleva un appuntamento fisso. Ha accettato di scritturarci mensilmente, e poi gli ha chiesto se avrebbe preso in considerazione l'idea di mettere una tariffa d'ingresso da girare direttamente alla band.»

Oleg mi guardò per saperne di più.

«Quindi lui le ha chiesto a quanto stesse pensando, e lei ha risposto che avrebbe potuto iniziare con un ingresso da cinque dollari, da portare a dieci una volta che ci fossimo fatti un seguito.»

Oleg puntò la testa di lato, cosa che interpretai come se mi stesse chiedendo cosa ne pensavo.

«È una genialata. Ha accettato perché a breve termine la responsabilità sarebbe nostra, pensando che probabilmente non avremmo guadagnato tanto le prime volte. Ma Sasha ha detto che se iniziamo a raccogliere email al Rue e facciamo sapere a tutti dove suoniamo, potremmo avere dei groupie che ci seguano ovunque.

Oleg si indicò il petto.

«Sei il mio groupie?» chiesi.

Mi regalò un accenno di sorriso che mi fece arricciare le dita dei piedi negli stivali e annuì. «No, tu sei il mio capo, paparino. L'uomo al comando, almeno a letto.» Mi arrotolai una ciocca di capelli rosa intorno al dito e gli sorrisi. Avevo già bagnato le mutandine nel parcheggio quando mi aveva spinta contro l'auto. Non vedevo l'ora di vedere cos'aveva in programma per la serata.

Il suo sorriso si fece malizioso, trasformando il suo volto da pericoloso a bello in modo devastante.

Parcheggiò al Cremlino – la mia nuova casa, pensai, se stavamo davvero mettendo in piedi la cosa – e mi tenne la mano fino a quando non entrammo nell'ascensore.

Poi mi inchiodò contro la parete dell'ascensore, baciandomi di brutto, bloccandomi con il suo corpo mentre mi alzava la gonna con le mani e mi strappava le calze a rete.

Gemetti quando mi strofinò un dito sulla fessura, poi ne affondò il polpastrello nell'ingresso.

L'ascensore trillò e lui mi sollevò mettendomi a cavalcioni sulla vita, portandomi nella camera da letto. Mi tolsi gli stivaletti militari.

«Dovrei fare la doccia» gli dissi; non per posticipare il divertimento, ma perché probabilmente puzzavo dopo l'esibizione. Mi prese intorno alla vita e mi sculacciò il culo.

«Le docce non sono ammesse?» dissi ridendo.

Scosse la testa.

«Perché no?»

Diede al cazzo teso una stretta rude attraverso i jeans, poi indicò il letto sollevando per finta le sopracciglia in un'espressione severa.

«Hai bisogno di me nel tuo letto ora?»

Non confermò neanche: mi sollevò e mi fece oscillare verso il letto, dove mi piegò e mi spinse giù la gonna.

«Oh mio Dio» gemetti, già tremante di eccitazione.

Chissà perché trovavo tanto eccitante che si facesse così rude, ma non c'era bisogno di analizzarlo. Faceva per me.

Oleg faceva per me.

Mi sculacciò il culo. Il palmo era grande e solido, e mi spinse in avanti sulle mani sul letto. Aspettai, tremando in attesa di averne di più. Oleg era un mostro, quella sera.

Mi strappò le calze a rete, che mi caddero a brandelli intorno alle caviglie. Non portavo le mutandine, quindi mi trovai nuda davanti a lui dalla vita in giù. Iniziò a sculacciarmi, veloce e severo, come aveva fatto il mio primo giorno proprio lì, a casa sua. Faceva male ma mi emozionava anche. Il dolore filtrava solo nel piacere. In maggiore eccitazione. Intensità che corrispondeva al livello di passione di Oleg.

Della mia.

Il culo bruciò e formicolò, ma lui continuò, allungandosi in avanti per strofinarmi il clitoride allo stesso tempo.

«Oleg, ti prego» lo implorai, bisognosa di qualcosa di più della stimolazione del clitoride. Lo volevo nel profondo di me. Volevo che mi mostrasse la sua forza e il suo potere. Facendomi sentire piccola e alla sua mercé.

Vegliata.

Protetta.

Non saprei spiegare come facessero le sculacciate a farmi sentire protetta, ma così era. Avevo le ginocchia deboli per la sottomissione. Sventolai bandiera bianca in segno di resa ai suoi piedi.

Prendimi, paparino. Mostrami cos'hai per me.

Mi diede un altro schiaffo, poi sentii la cerniera e il fruscio del tessuto mentre si toglieva i jeans. Iniziai a strisciare sul letto, ma lui mi riprese per la vita e mi trascinò indietro, sistemandomi nella stessa posizione: piegata sul letto, le gambe divaricate, il culo nudo sollevato verso di lui. Mi schiaffeggiò piano tra le gambe.

Piagnucolai.

Non mi aveva fatto male, ma la zona era sensibile, ovviamente.

Mi diede dei colpetti all'esterno della coscia, poi mi allargò i piedi.

Obbedii, divaricando ancora di più le gambe per lui.

Mi sculacciò di nuovo la figa.

«Oleg» piagnucolai. Passò il palmo calloso lungo l'esterno della coscia, accarezzandomi. Dimostrandomi che ero al sicuro… non che fossi preoccupata.

Un altro rapido schiaffo tra le gambe.

Sussultai. Poi mi snocciolò una serie di brevi e veloci schiaffi che quasi mi fecero venire. La figa era bagnata e gonfia sotto le sue dita, ed emetteva un suono liscio e appiccicoso ogni volta che la sculacciava.

Agitai il culo.

«Ancora. Ti prego, Oleg. Ho bisogno di averti dentro di me.»

Mi levò la gonna, che aveva una fascia elastica in vita, da sopra la testa, insieme alla maglietta.

Al reggiseno toccò dopo.

Ora ero completamente nuda davanti a lui. Mi riposizionò e poi ringhiò e trascinò la cappella attraverso i miei succhi. Roteai i fianchi e spinsi indietro, alla disperata ricerca della penetrazione. Mi schiaffeggiò il culo e poi entrò in me. Gemetti di piacere. Lui emise un ronzio in risposta, il mio suono preferito. Dopo alcune brevi spinte, si tirò fuori. Afferrandomi i fianchi, mi sollevò mettendomi su mani e ginocchia sul letto, poi strisciò dietro di me ed entrò di nuovo.

«Sì, *ti prego*.»

Emise quel ronzio. Avvolgendomi saldamente una mano intorno alla parte posteriore del collo, mi scavò dentro in modo fermo e deliziosamente irrispettoso. Proprio quando non pensavo di potermi sentire meglio, mi premette tra le scapole costringendo il mio busto a scendere sul letto in una posizione ancora più sottomessa.

«Oleg» piagnucolai. Mi strattonò, dimostrandomi chi era al comando con ogni potente spinta. Il pollice trovò il mio ano e io strillai di sorpresa, spingendo contro l'intrusione.

Con mio sgomento uscì e mi diede qualche sculacciata. Sentii il rumore dell'apertura del cassetto del comodino, e poi tornò strisciando dietro di me e mi aprì le natiche. Piagnucolai, sospettando il seguito.

Lo volevo e non lo volevo allo stesso tempo.

O forse lo volevo ma ero imbarazzata dall'idea. Un po' nervosa.

Non importava, perché sapevo che Oleg si sarebbe

preso cura di me. Avrebbe prestato attenzione ai miei bisogni e mi avrebbe ascoltata.

Sentii una goccia di gel freddo ricadere sull'ano e indietreggiai tremante.

Oleg portò il cazzo al mio ingresso posteriore. Mi fermai, in attesa. Oleg si avvicinò, strofinandomi il clitoride mentre applicava una leggera pressione. Dopo un momento di resistenza, il piccolo anello di muscoli si rilassò e si aprì, e lui vi affondò.

«Oh» mi lamentai. Era intenso. Oleg schizzò più lubrificante sulla fessura e lo strofinò intorno all'ingresso.

Quando spinse di nuovo diventò ancora più intenso fino a quando non riuscì a far passare la cappella, e poi scivolò fino in fondo. Emisi una vocale lunga assecondando la mia espirazione. Oleg andò piano, riempiendomi il culo con l'enorme cazzo con calma.

Per tutto il tempo mi strofinò il clitoride o mi scopò con le dita, dando abbastanza attenzione alle mie parti femminili da tenermi immersa nel piacere.

Emise di nuovo quel verso.

Io gemetti in risposta.

Oleg spinse il cazzo dentro e fuori dal mio culo. La mia pancia svolazzava al ritmo delle sue spinte cattive. La figa si stringeva sulle sue dita ogni volta che entravano in me. Sentii il respiro di Oleg farsi brusco. Le sue spinte assunsero un po' di forza. Gridai per il dolore e il piacere.

Mi spinse in avanti, seguendomi fino a quando non fui sprofondata sulla pancia, e fu sopra di me, le dita ancora sotto i miei fianchi impegnate nella loro magia. Inarcai il culo nella posizione, che sembrava più sicura forse perché non avevo la pelle tanto tesa.

Mi arresi completamente alle sensazioni. Fu un piacere totale. C'era abbastanza lubrificante, la posizione era perfetta e la stimolazione del clitoride mi aveva resa pronta al decollo in qualsiasi momento.

«Oleg, oh mio Dio» gemetti. «Che bello. Che intenso. Che bello.» Stavo balbettando. Non mi interessava. Non mi interessa mai quando ero con Oleg. Non ero imbarazzata. Mai trattenuta. «Ti prego» mi lamentai. «Tipregotipregotipregotipregotiprego.»

Il respiro di Oleg divenne irregolare. Le spinte diventarono più dure. Seppellì tre dita all'interno della figa, spingendo il palmo della mano sul clitoride con una pressione decisa.

Strinsi le pareti intorno alle sue dita dal disperato bisogno di venire. Grugnì e spinse in profondità. Sentii le sue cosce tremare contro le mie mentre veniva. Gridai. I muscoli del pavimento pelvico non si strinsero: forse avevo paura di contrarre l'ano intorno al suo cazzo. Forse era semplicemente troppo grande. Non lo sapevo. Era un diverso tipo di orgasmo. Molto diverso, ma infinitamente più intenso. Tremai e rabbrividii sotto di lui, e l'orgasmo si propagò attraverso il mio corpo. Oleg mi abbracciò ed emise dolci versi.

«Ti amo» sussurrai. Non gliel'avevo mai detto, anche se era vero fin dall'inizio. Ero troppo spaventata. Troppo certa che sarebbe finito tutto, e che mi sarei pentita di averlo detto.

Ma ora andavamo a convivere. Stavamo portando avanti le cose. Era ancora terrorizzata, ma stavo cercando di fidarmi del fatto che Oleg sarebbe rimasto con me.

Che avrei potuto contare su di lui, sul fatto che rimanesse solido come aveva dimostrato di essere.

Sentii che mi stava rispondendo con le stesse parole. Forse non era telepatia. Forse ero solo empatica. Non importava: tutto ciò che contava era il messaggio.

Mi amava.

Oleg mi amava ed era solido come una roccia.

Potevo fidarmi della situazione.

Di lui.

Potevo fidarmi di noi.

Oleg

Mi scostai e aiutai Story a scendere dal letto e ad andare in bagno per una doccia di coppia. Lavare Story era diventato il mio passatempo preferito. Subito dopo averla scopata. Baciata. Avuta nel mio letto. Avuta nel mio appartamento. Avuta come mia ragazza. Facevo con calma con lei, scorrendo le mani insaponate su tutta la sua pelle liscia, lavandole i capelli. Era stanca e riusciva a malapena a stare in piedi dopo l'orgasmo che le avevo dato, quindi la tenevo in piedi io.

Una volta finito la asciugai.

La infilai nel letto e andai in cucina per prendere un paio di bicchieri d'acqua.

E fu allora che la vidi.

Una bottiglia di Sovetskoe šampanskoe lasciata sul bancone con un nastro rosso legato intorno al collo. Riuscii a costringere le dita a muoversi, a raccogliere il bigliettino che c'era.

C'era il mio nome scritto in quello scarabocchio audace che avrei riconosciuto ovunque.

La calligrafia di Skal'pel'.

Il dono di Skal'pel'.

Lo champagne sovietico era uno dei miei preferiti, quando lavoravo per lui. Era il primo alcolico che avevo dovuto bere da giovane, e supponevo di aver continuato a comprarlo per familiarità. Certamente non per il sapore.

Adesso quella roba la odiavo.

Il cuore mi tuonò denso e doloroso nel petto. Lo stomaco fu sopraffatto dall'acidità. Skal'pel' era lì, a Chicago. Come temevo, la voce che si era sparsa su di me aveva raggiunto anche lui. Ero l'ultima parte di cui non si era occupato per bene alla chiusura dell'attività. Con le dita tremanti, capovolsi il bigliettino.

C'era una piccola foto sul retro. Mi ci volle un attimo per capire, ma poi quasi vomitai.

Erano Sasha e Story nella vasca idromassaggio del tetto.

C'era lo zampino di Skal'pel'. Mi avrebbe messo alla prova con dei test. Avrebbe testato la mia lealtà ancora e ancora.

Li avevo sempre superati.

Forse era per quello che mi aveva lasciato vivere.

Molte, molte volte in prigione avrei voluto che mi avesse semplicemente ucciso.

Ma ora? Cazzo... *ora*? C'era Story nel mio letto. La luce più bella della mia vita. L'unica cosa per cui valeva la pena vivere.

Skal'pel' sapeva di Story. Le aveva sparato dal tetto, o più probabilmente le aveva fatto sparare da uno dei suoi lacchè. Logico. Il tiratore doveva per forza sapere di non poter colpire nessuno. I proiettili erano stati un avvertimento. Una minaccia. In modo che provassi davvero paura per la sicurezza della mia bella rondinella quando avessi tenuto la foto in mano.

Mi si gelarono le viscere. Che si fecero paludose. viscide. Se non avessi risposto al messaggio, la mossa successiva di Skal'pel' sarebbe stata ferire Story. E mica in modo normale. Sarebbe stato qualcosa di malato e contorto. Qualcosa che mi avrebbe causato incubi per il resto della vita. Non avrei continuato a vivere per permettere che le succedesse.

No.

Non lo avrei lasciato avvicinare. Story Taylor doveva essere protetta sopra ogni altra cosa. E questo significava che dovevo consegnarmi a Skal'pel'. Se mi voleva morto, poteva avermi.

Sapeva già che mi sarei sacrificato per lei. Non aveva bisogno di minacce oscure o palesi. Sapevamo entrambi di cosa era capace.

E lui mi conosceva, dentro e fuori.

Sapeva che mi sarei fatto investire da un autobus per le persone che amavo.

Ma non aveva idea della profondità di ciò che avrei fatto per Story. Lasciai la bottiglia sul bancone, intatta.

Tornai tranquillamente al corridoio buio fino alla mia camera da letto e aprii il cassetto nella cabina armadio, dove conservavo tutti i soldi con cui Ravil mi aveva pagato da quando avevo iniziato a lavorare per lui. A parte che per la Denali, non li avevo spesi. L'unico passatempo che avevo era guardare Story suonare.

Tirai fuori un borsone e vi infilai tutte le mazzette. Presi l'iPad e aprii una finestra del mio conto bancario svizzero, quello che Skal'pel' mi aveva lasciato in un momento qualsiasi tra il taglio della lingua e la fregatura dell'accusa di spaccio.

Inserii Story come beneficiaria, poi le scrissi un messaggio. Mancavano solo un paio d'ore all'alba. Tempo sufficiente per sdraiarmi accanto a Story un'ultima volta prima di andare...

CAPITOLO TREDICI

Story

MI SVEGLIAI SOLAMENTE quando non percepii più la forma solida di Oleg accanto a me. Mi accoccolai tra le lenzuola morbide, assaporando il suo odore che ancora persisteva. Dopo un altro istante, aprii gli occhi e guardai l'orologio del comodino.

Undici del mattino.

Un orario abbastanza normale per me all'indomani di un concerto. Mi misi seduta e mi strofinai gli occhi, guardandomi intorno.

Oleg non sembrava essere nella stanza. Forse era andato di nuovo a prendere i bagel. Feci oscillare le gambe fuori dal letto e quasi inciampai su un borsone lasciato lì accanto. Sopra alla tela blu navy c'era l'iPad di Oleg.

Sorrisi.

Mi aveva lasciato un messaggio. Presi l'iPad e lo accesi.

· · ·

Story,

tu sei la mia ragione di vita, quindi è naturalmente facile fare questa scelta.

IL GELO mi attraversò le membra. Mi rese fiacca. Le dita che tenevano l'iPad tremarono.

LA MIA MORTE è il miglior modo per proteggerti. Prendi questi soldi, così potrò continuare a proteggerti dalla tomba. Ti amo, mia lastočka.

No!

Avrei potuto urlarlo. Forse più volte. Tutto quello che sapevo fu che iniziarono a battere alla porta dell'attico. Singhiozzando, mi infilai una delle magliette di Oleg. La porta si aprì e gli amici di Oleg si riversarono dentro. Non li vedevo. Li sentivo a malapena al di sopra delle urla che avevo nella testa.

Dima prese l'iPad e lesse le parole ad alta voce al resto di loro. Qualcuno mi strinse in un abbraccio. Nikolaj, forse. Passai a Sasha; anche lei mi strinse al petto. Non riuscivo a smettere di piangere. Sentivo solo frammenti della conversazione: *…si è consegnato a Skal'pel'... la bottiglia di champagne sovietico consegnata qui per lui... non riesco a rintracciarlo, ha lasciato il telefono qui…*

Finalmente mi misi in condizione di parlare. «F-fermatelo» singhiozzai. «Dovete fermarlo.»

«Lo faremo» rispose Ravil tristemente, anche se potevo dire dal suo volto che non ci credeva.

Voleva dire che ci avrebbe provato.

Ma che forse era troppo tardi.

Oh Dio, forse era troppo tardi.

Come era potuto accadere? Come ero riuscita a innamorarmi per la prima volta nella mia vita solo per perdere Oleg nel giro di due settimane?

Ero in iperventilazione. Avevo quel brutto singhiozzo fuori controllo che non permetteva di respirare. Non permetteva di parlare. Non permetteva di liberare il torrente di emozioni che avevo intrappolato nel corpo.

«Perché?» singhiozzai, anche se me lo aveva detto il perché.

Lo aveva fatto per me.

Aveva sacrificato la sua vita così io sarei rimasta al sicuro.

Ora mi odiavo per aver insistito per i concerti. Per averlo fatto temere per la mia sicurezza. Cazzo, se avessi saputo che così si sarebbe consegnato al massacro di un crudele medico, mi sarei rintanata nell'attico con lui per il resto della vita.

Il sale delle mie lacrime mi bruciò gli occhi.

Qualcuno mi porse un fazzoletto. Poi un altro.

Poi l'intera scatola.

Non riuscivo a fermare l'uragano.

«Dovete fermarlo» ripetei di nuovo. «Vi prego.»

Alcuni degli uomini avevano lasciato la stanza. Non ero sicura di cosa stesse succedendo. «Lo troverete?» chiesi. Ero come una bambina smarrita in aeroporto.

Non sapevo nemmeno da dove cominciare né a chi rivolgermi.

Ravil venne da me. «Stiamo cercando di rintracciarli. Sarò onesto. Potrebbe essere difficile. Skal'pel' è un uomo intelligente che potrebbe usare qualsiasi identità e mostrare qualsiasi volto. Potrebbe vivere ovunque. Ma Dima sta lavorando su ogni aspetto a cui possiamo pensare.»

Scossi la testa, rifiutandomi di accettare la risposta.

«No. Dovete trovarlo. Dovete arrivare a lui prima che accada qualcosa. Da quanto tempo se n'è andato? Qualcuno lo sa?»

«Non ancora» mormorò Ravil estraendo il telefono. «Ma parlerò con Majkl, giù alla porta d'ingresso. Abbiamo i filmati di sicurezza.»

Inciampai per la stanza, lo stomaco stretto sotto le costole. «È sbagliato» borbottai tra i singhiozzi. «È tutto sbagliato.»

«Story.» Ravil mi afferrò delicatamente la spalla. «Mi piacerebbe che tu rimanessi qui mentre lo troviamo, ok? Potresti essere ancora in pericolo, e devo tenerti al sicuro.»

Sbattei le palpebre verso di lui e poi scoppiai di nuovo in lacrime, ma annuii. «Sì» dissi. Volevo stare con loro. Avevo bisogno di stare con le persone che conoscevano e volevano bene ad Oleg. Perché avevo bisogno che lo riportassero indietro.

Oleg

Sbattei le palpebre nel tentativo di aprire gli occhi, ma anche quando vi riuscii non vidi nulla comunque.

Mi spostai.

Avevo i polsi legati. Dovevo avere un sacco sulla testa. Ero ancora vivo. E sorpreso della cosa.

All'alba ero uscito dal Cremlino ed ero rimasto fuori dall'edificio ad aspettare. Ero rimasto immobile per tre ore, poi una limousine nera si era fermata dall'altra parte della strada e aveva parcheggiato. Quando non ne era uscito nessuno avevo aspettato qualche minuto, poi avevo attraversato la via per aprire lo sportello del sedile posteriore. Era vuoto.

«Entra» aveva detto l'autista senza guardarmi. Era

americano. Forse un delinquente mercenario. Si era diretto a una pista di atterraggio privata e aveva spento il motore.

Lì gli sportelli posteriori erano stati aperti contemporaneamente da altri due teppisti — anche loro americani — che mi avevano detto di uscire e salire sull'aereo — un piccolo jet fermo sull'asfalto.

Avevo salito la scaletta.

Arrivato in cima, ero stato punto con un ago nel collo. Non avevo opposto resistenza né a loro né alla droga.

Mi ero guardato intorno alla ricerca di Skal'pel', prima di finire tra le braccia dei due teppisti che mi avevano seguito.

Non l'avevo mai visto.

Forse non era nemmeno mai stato a Chicago.

Logico. Non avrebbe rischiato la pelle per prendermi. Testai le corde che mi legavano. Avevo i polsi legati davanti con quelle che sembrano fascette. Ero seduto dritto su qualcosa di comodo… il sedile del jet?

«Sei sveglio.» La voce mite del mio ex capo mi arrivò alle orecchie. Parlava in russo. Mi tolsero il sacco. Eravamo sul jet — o almeno credevo che fosse lo stesso mezzo, ma avrebbe anche potuto essere un altro. Skal'pel' era accomodato di fronte a me in un costoso abito su misura. Non ne riconobbi il volto: l'aveva cambiato. Ma avrei riconosciuto la voce ovunque. E la struttura del suo corpo non era cambiata, a parte qualche chilo in più.

Non mi mossi. Non avevo alcun conflitto interiore.

Il mio unico piano era arrendermi a quell'uomo per salvare Story.

«Apprezzo il modo in cui operi, Oleg.»

Era una routine familiare. L'affetto con cui mi guardava. Le lodi.

Poi mi avrebbe detto cosa voleva con la sicurezza totale e completa che gliel'avrei dato.

E io l'avevo sempre fatto. Si sporse in avanti e mi tirò la palpebra inferiore verso il basso, come ispezionandomi la pupilla.

«Ci sei? Ti sei ripreso?» Non risposi. «Oleg?» Quel bramoso tono silenzioso mi fece annuire prima ancora che mi rendessi conto di farlo.

Alzò un dito e un ragazzo magro con i baffi apparve con una bottiglia d'acqua, che aprì e diede a Skal'pel'. Il mio ex boss si sporse in avanti e mi portò la bottiglia alle labbra.

Non avrei voluto accettare l'aiuto, ma nel momento in cui l'acqua mi entrò nella bocca ingoiai avidamente. Il tranquillante mi aveva reso la bocca felpata e assetata.

«Hai fatto la cosa giusta. Il tuo uccellino canoro sarà al sicuro. Niente più proiettili sul tetto.»

Cazzo. Era stato lui. In fondo forse lo sapevo già. Non mi mossi. Fossimo stati in un film, avrei lottato contro i legacci. L'avrei affondato come se avessi voluto ucciderlo, per aver accennato al pericolo in cui aveva messo la mia ragazza. Ma non eravamo in un film. Mi aggrappavo a ogni sua parola: avevo bisogno di sentire il resto.

Aspettavo la conclusione da dodici anni. Di sapere perché mi aveva abbandonato. Mi aveva appallottolato come uno straccio usato e poi mi aveva dato fuoco lasciandomi bruciare.

«Non sapevo che tipo di donna ti avrebbe fatto girare la testa, ma ero certo che sarebbe stata insolita. È una questione di personalità per te, non è vero? Non che la tua Story non sia adorabile. Ma non ti sei mai soffermato sulla bellezza normale. Eri impassibile a tette perfette o a un bel paio di gambe lunghe. Ce ne voleva una speciale per affascinarti.»

Mi afflosciai.

«Mi dispiace, Oleg.» Skal'pel' mi esaminò. «Non mi sei

mai stato altro che fedele. Hai sempre fatto quello che ti ho chiesto. Ti sei impegnato più di qualsiasi uomo abbia mai assunto da allora. Ma le tue dimensioni ti rendevano troppo difficile da nascondere.» Mi offrì ancora da bere, e io accettai.

«Cambiarti i connotati non avrebbe funzionato. E tenerti con me avrebbe rivelato la mia vecchia identità. Dovevo liberarti e assicurarmi che nessuno ti seguisse.»

Dio mi aiuti, tutto quello che potevo fare era tentare di trattenermi dall'esprimere scetticismo.

«Ti ho lasciato dei soldi. Abbastanza per renderti un uomo ricco, una volta uscito.» La sua espressione si trasformò in delusione, come se fossi stato io a deluderlo.

«Non li hai mai usati. Solo poche migliaia di dollari per arrivare in America.»

Feci spallucce.

«Il resto è ancora depositato in banca a tuo nome. Intatto.»

Non risposi. Si alzò e iniziò a camminare, con le mani giunte dietro la schiena. Mi girai per vedere chi c'era sull'aereo.

Scorsi nella parte posteriore i due che mi avevano caricato sul velivolo. E un terzo, magro e con i baffi, che sembrava più un segretario. Era stato lui a portare l'acqua. La porta della cabina del pilota era chiusa.

Skal'pel' proseguì con il suo monologo. Il fatto che fossi muto ora difficilmente faceva la differenza. Aveva sempre preferito sentir parlare sé stesso. Non come Ravil, che ascoltava.

Ma era intelligente come Ravil. Studiava strategie altrettanto bene. Interpretava e capiva le persone bene come Ravil. O almeno avevo sempre avuto l'impressione che mi conoscesse meglio di quanto io non conoscessi me stesso. Ecco cosa lo rendeva un maestro della manipolazione.

«Sei entrato nella bratva. Una scelta sorprendente, anche se forse in fondo no, considerando gli amici che ti eri fatto in prigione.» Ero disgustato da quanto da vicino mi avesse seguito dopo aver mutilato il mio corpo e rovinato la mia vita. Chissà che credeva che avrei fatto. Non volevo pensare a lui. A che ne era stato di lui. A dove si trovasse né a cosa stesse facendo.

Ma non avrei certo mai immaginato che stesse seguendo me. La mia vita. Mi si capovolse lo stomaco. O forse erano solo i postumi del tranquillante.

«Mi sono reso conto che il dono che ti ho fatto non era la consolazione che speravo fosse. Non desideravi denaro. Desideravi ardentemente un padrone da servire. E ne hai trovato uno con la tua nuova cellula bratva. Ravil Baranov, contrabbandiere e magnate immobiliare fattosi da sé del centro di Chicago.»

Ora volevo ucciderlo.

E tutto ciò che potevo fare era non flettere le mani contro le fascette.

Non mi piaceva che parlasse di Ravil. E soprattutto non mi piaceva la sua valutazione di me, per quanto vera.

Avrei potuto spezzargli il collo. Proprio lì, proprio in quel momento. Era alla mia portata. Ma avrebbero potuto colpirmi alla nuca prima che finissi il lavoro. Ne sarebbe valsa la pena? Il mondo sarebbe stato al sicuro da quel maniaco. Story sarebbe stata al sicuro.

Oh cazzo, *Story*.

Il solo pensare a lei mi provocò un'ondata di dolore così pesante che quasi mi affogò. L'avevo lasciata. La mia dolce *lastočka*.

E probabilmente, come era stato per il pagamento di Skal'pel, la borsa di denaro che le avevo lasciato in eredità non sarebbe stata in alcun modo di consolazione per la mia morte. Non sembrava preoccuparsi molto dei soldi.

Non ci avevo pensato. Avevo semplicemente seguito ciecamente il percorso che Skal'pel' aveva stabilito per me, proprio come avevo sempre fatto. Avevo pensato di farlo per Story. Di sacrificarmi in modo che lei potesse vivere. Di dimostrarmi l'uomo onorevole e degno di fiducia che mi ero sempre considerato.

Ma non era quello il modo di onorare Story. Ed ero dannatamente certo che non fosse neanche il modo di onorare me stesso. Era la prima volta nella mia vita che avevo davvero qualcosa per cui valesse la pena vivere, e avevo scelto di non lottare? Di non provarci nemmeno a trovare una soluzione diversa da quella che Skal'pel' aveva scelto per me?

Avrei lasciato davvero che continuasse a scrivere la sceneggiatura della mia vita?

«Non so chi abbia capito che sei collegato a me, ma quando ho visto la taglia sulla tua testa viva sono dovuto venire a cercarti.»

A quel punto volse uno sguardo indulgente su di me. Come se stesse riportando all'ovile un bambino ribelle, invece di essere lo psicopatico che aveva pensato che tagliarmi la lingua e mettermi in prigione fosse il modo migliore per ricompensarmi del mio leale servizio.

«Non potevo permettere che ti catturassero, anche se probabilmente sei poco consapevole del valore che hai in quella tua gloriosa e grossa testa.»

Si accomodò di nuovo sul sedile e incrociò una caviglia sopra il ginocchio. «Avrei potuto mandare un boia.»

Si alzò di nuovo per allontanarsi da me. «Per me sarebbe stato più sicuro. Molto più facile. Decisamente più semplice.» Si girò e mi guardò. «Ma la verità è che mi è mancato il tuo servizio, Oleg.»

Lanciò un'occhiata ai teppisti americani. «Nessuno si occupa più degli affari come una volta. Senza lamentele né intromissioni. Tu non hai mai parlato molto, nemmeno quando avevi la lingua.» Tornò a me. «Così sono venuto io in persona a cercarti. E la tua risposta obbediente al mio messaggio mi ha mostrato che sei ancora affidabile come sempre.» Mi passò accanto e mi mise una mano sulla spalla, proprio come era solito fare per manifestare approvazione o affetto. Strinse.

Un colpo con entrambi i pugni lo avrebbe messo fuori combattimento.

«Non riuscivo ancora a convincermi a ucciderti. Preferirei averti di nuovo al mio fianco, il luogo cui appartieni. A servire il tuo vecchio padrone.»

Ora era dietro di me, dove non riuscivo a vederlo. Dove lui non riusciva a vedere la mia faccia.

Feci alcuni micromovimenti per valutare la situazione. Le caviglie non erano legate. Non ero bloccato al sedile.

E fu allora che mi ricordai: non si poteva sparare su un aereo. Quei teppisti dovevano per forza saperlo.

«Ti piacerebbe servirmi di nuovo, Oleg?»

Aspettai che mi tornasse davanti. Teneva in mano una siringa. Una dose fatale di veleno, nel caso in cui avessi risposto in modo errato? Non importava. Le persone sottovalutavano sempre la velocità con cui so muovermi nonostante la mia stazza. Mi alzai dal sedile e gli rigirai la testa sul collo, facendolo scattare. Gli presi la siringa dalla mano mentre cadeva.

I movimenti furono più lenti di quanto avrei voluto: gli effetti residui del farmaco mi appesantivano ancora, ma avevo troppa pratica nel mettere in sicurezza i luoghi perché mi fermassero.

I teppisti sul fondo vennero a prendermi con le pistole puntate.

Non le avrebbero usate, a meno che non ci volessero tutti morti.

Affondai la siringa nel collo del primo e schivai il colpo del secondo, rifilandogli una gomitata sulla pancia. Lo colpii ancora con un'imbarazzante oscillazione laterale di entrambe le braccia, ma ci misi abbastanza potenza da sollevarlo da terra e mozzargli il fiato. Un pugno in faccia e cadde.

Quello con i baffi prese una pistola da uno dei caduti e me la puntò contro con mano tremante. Scossi la testa.

«Non muoverti o sparo.»

Corsi il rischio.

Feci due lunghi passi per raggiungerlo, gli strappai la pistola dalla mano e con essa lo colpii alla tempia. Cadde.

Perquisii le tasche dei teppisti e trovai le fascette, poi le strinsi ai polsi dei tre, che ancora respiravano. Ucciderli sarebbe stato un lavoro più pulito, ma avrei potuto occuparmene in seguito.

Ora dovevo far tornare indietro l'aereo.

CAPITOLO QUATTORDICI

Story

Non sapevo più quante ore erano passate quando Ravil ricevette un messaggio da un numero sconosciuto. Seguì un'attività selvaggia e frenetica.

Oleg era vivo.

Su un aereo di ritorno a Chicago.

Piansi altre lacrime, stavolta di sollievo. E poi ci fu altra attesa. Mentre aspettavo, il dolore si trasformò in ansia. In un'ansia assillante e pruriginosa. Del tipo che mi tormentava da tutta la vita. La interpretavo come il mio istinto che mi avvertiva che c'era qualcosa che non andava.

Che era il momento di filarsela.

E più passavano i minuti che mancavano al ritorno di Oleg, più forte era la sensazione. Mi fecero sedere nella parte posteriore della Denali di Oleg con Nikolaj e Dima davanti, e partimmo, insieme ad altri due veicoli, verso una pista di atterraggio privata di cui non avevo mai sentito parlare.

Stava nevicando. Fiocchi spessi e bagnati che colpivano

il parabrezza e si scioglievano nel momento in cui lo toccavano.

Guidava Nikolaj. Dima aveva portato con sé il laptop che stava consultando in corsa, con brevi commenti al fratello in russo, poi con una pausa per lanciarmi indietro un sorriso dispiaciuto.

Il ronzio nervoso divenne più forte, quindi non riuscii a pensare a nulla.

Non ricordavo neanche se in giornata avevo mangiato. Credevo di no. Avevo le labbra secche, la gola arida.

Mi venne in mente in modo vago che quella sera avrei dovuto esibirmi da Rue. L'esibizione della sera precedente sembrava appartenere a una vita fa.

Quando arrivammo, Nikolaj si girò e disse: «Ho bisogno che aspetti nella Denali, ok? Per favore, non uscire, o sarai complice di tutto ciò cui assisterai. Lo capisci?»

Forse annuii. Non ne fui sicura. Il cervello mi funzionava a malapena.

E poi mi ritrovai sola nel veicolo.

Avrei dovuto essere entusiasta. Stavo per vedere Oleg.

Avevo creduto che fosse morto ma stava tornando da me. Solo che era chiaro come il sole che non si poteva tornare "indietro".

Non mi sarei mai più sentita come la sera precedente. Quel momento era passato e stavamo per arrivare a uno nuovo. In cui non volevo nemmeno essere. Su dei sedili riscaldati a osservare il nevischio cadere, mi sentivo come in attesa di qualcosa di terribile.

Ma cosa?

Il ritorno di Oleg?

No. Io che rompevo con lui.

Ecco l'ansia assillante.

Sapevo che non era giusto. Non potevo farglielo.

~

Oleg

Riatterrammo sulla stessa pista da cui eravamo decollati. Ero stato in grado di comunicare i miei desideri al pilota, che temeva che lo uccidessi.

Era un chiacchierone.

Rimasi seduto al posto del copilota per tutta la durata del viaggio, e lui fu un flusso costante di parole e di sudore nervoso che gli gocciolava dalla fronte. Avevo messo il telefono in vivavoce in modo che Maxim sentisse tutto, dato che avrebbe dovuto risolvere il problema.

Il pilota ci aveva già detto di non conoscere molto bene Skal'pel', ma di averlo caricato in Florida, dove aveva avuto l'ordine di tornare indietro. Aveva abbastanza carburante per girare l'aereo e ottenne l'autorizzazione per atterrare a Chicago.

Aveva detto di non voler sapere cosa fosse successo nella cabina e che, per quanto lo riguardava, non erano affari suoi. Poi aveva parlato a lungo di sua moglie e di due bambini piccoli. Che per il pomeriggio lo aspettavano a casa e che lui era la loro unica fonte di reddito. Una volta atterrati, Maxim lo tirò fuori dai guai. «Ecco cosa succede adesso» gli disse. «Tu rimani nella cabina fino a quando non risolto la cosa. Ti faccio sapere io quand'è ora di uscire, poi ti paghiamo per il tuo tempo e così potrai tornare a casa, da Sarah Jean e dai tuoi figli, Thomas e Flora, ad Andaluz Lane.»

Il pilota espirò in un acuto soffio nel vedere che Maxim conosceva già i dettagli della sua famiglia.

«Hai pilotato l'aereo per il dottor Armor. Hai detto che si chiamava così, vero?»

«Sì, d-dottor Armor» balbettò il pilota.

«Il dottor Armor ha cambiato idea sul ritorno alle

Florida Keys e ti ha chiesto di girare l'aereo. Quando sei arrivato qui, è sceso e ti ha detto che sarebbe rimasto per un po' e che non avrebbe avuto bisogno dei tuoi servizi. Ti ha chiesto di prendere un commerciale per tornare a casa. Quella è stata l'ultima volta che hai sentito parlare di lui. Hai capito?»

«Capito» disse rapidamente il pilota. «Benissimo.»

«Non hai mai visto nessun altro sull'aereo.»

«Mai.»

«Ok, resta dove sei. Se ti muovi prima che venga io a chiamarti, dovremo rivedere l'accordo. Chiaro?»

«Cristallino.»

Il pilota mi lanciò uno sguardo veloce e spaventato.

«Oleg, siamo fuori. Facci entrare.»

Andai alla cabina per aprire il portellone, e i miei fratelli entrarono. Maxim fece una rapida scansione del luogo, valutando la situazione, quindi impartì gli ordini. Pavel e Adrian estrassero il corpo di Skal'pel'. Maxim e Ravil interrogarono i due teppisti, che erano coscienti.

Come il pilota, affermarono di sapere pochissimo del dottor Armor e dei suoi affari, a parte che erano le sue guardie del corpo personali.

«Story ti aspetta nella Denali» disse Nikolaj consegnandomi le chiavi.

«Vai» disse Ravil. «Di questo ci occupiamo noi.»

Non ero tipo da lanciarsi in manifestazioni varie. Non cercavo di comunicare spesso. Ma mi fermai a stringere la mano di ciascuno dei miei fratelli e li guardai negli occhi per fargli capire quanto significasse per me che mi guardassero le spalle.

Erano la mia famiglia. Nei due anni passati insieme mi ero sempre trattenuto con loro a causa delle ferite inflittemi da Skal'pel'. Emotive, non fisiche. Ma quella ormai era una storia chiusa. Non avrei concesso di nuovo la mia lealtà dove non era meritata. Il mio futuro era con Story, e la mia famiglia era lì con me, ora.

«*Mudak*» mormorò Dima quando gli strinsi la mano. «Story era fuori di testa per il dolore. A te può anche non fregartene niente della tua vita, ma al resto di noi importa.»

Girai il pugno sul petto nel segno che avevo imparato per chiedere *scusa*.

«Beh, meglio che tu vada a dirlo alla tua ragazza.» Puntò la testa in direzione dell'asfalto. Scesi le scalette e corsi verso l'auto. Story era piccola e smarrita sul sedile posteriore.

Sola. Aprii la portiera e la raccolsi. Si aggrappò come un koala, avvolgendo le gambe intorno alla mia vita, le braccia intorno al mio collo. Emise un piagnucolio rotto, ma non parlò.

Story, la mia bella lastočka.

Continuò a non dire nulla e non allentò la presa sul collo, così che potessi vedere il suo viso. La tenni in braccio, respirando il suo dolce profumo, baciandole il collo. Eppure non disse nulla. Ci stavamo bagnando per via del nevischio, quindi feci il giro per posarla sul sedile anteriore, dal lato passeggero, dove avrei potuto vederle il viso.

C'era così tanto dolore nel suo sguardo. Quasi come se le facesse male guardarmi. Mi aprì uno squarcio proprio nel petto. Ce l'avevo messo io quel dolore lì. L'avevo ferita: l'unica persona che stavo cercando così tanto di proteggere.

Come avevo potuto? Feci il segno per dire *scusa* ma lei distolse lo sguardo, sbattendo le palpebre per ricacciare indietro lacrime.

Le presi il viso con le mani e portai la mia fronte alla sua. Non si mosse. Riprovai coi gesti. Lei deglutì. «Sono contenta che tu sia vivo.» Aveva la voce soffocata. *Scusa*, feci ancora. Era tutto quello che sapevo davvero dire. Vidi

che Dima mi aveva lasciato l'iPad sul sedile del conducente, ma non lo presi. Anche se avessi potuto parlare, non
avrei avuto le parole. Non sapevo gestire la situazione
quando la stessa Story era ammutolita.

Immaginai che mi stesse ripagando con la stessa
moneta, che era carissima, cazzo. Story infilò le gambe
nell'auto e mi spinse via. «Ti stai bagnando» disse.

Cazzo.

Chiusi la porta, andai al lato del conducente ed entrai,
prendendo l'iPad per fare un tentativo. *Dima mi ha dato dello
stronzo per quello che ho fatto. Mi dispiace di aver causato tanto
dolore.*

Story scosse la testa. «Non sei stato uno stronzo.» Che
voce pesante, cazzo. Esausta. Allungò la mano per strin-
germi l'avambraccio. «Ti sei comportato a modo tuo. Hai
cercato di proteggermi e di fare tutto da solo senza chiedere aiuto a nessun altro.»

Le sue parole andarono a segno.

Annuii.

Da. Aveva ragione. Avrei potuto comportarmi in modo
molto diverso. Sarei potuto andare da Ravil, e lui e Maxim
avrebbero trovato un'opzione migliore. Ma invece ero stato
al gioco del fottuto piano di Skal'pel'. Abbandonando
Story e i miei fratelli nello sforzo di proteggerli.

«Oleg... sei andato da lui per morire?»

Inspirai a fatica e annuii.

Si afflosciò e distolse lo sguardo, spostandolo fuori dal
finestrino.

Cazzo, la stavo perdendo.

Scrissi sull'iPad freneticamente. *Sono andato a morire, ma
appena arrivato mi sono reso conto di aver fatto la scelta sbagliata.
Non era giusto sacrificarmi e arrendermi, era tempo di combattere.*

Per te.

Mi lanciò un'occhiata indagatrice, poi guardò dritto verso il jet sulla pista. «Devo suonare al Rue stasera.»

Gospodi. L'avevo dimenticato. Era sabato.

Avviai la Denali e ingranai la marcia; girai la macchina. Non sapevo dove cazzo eravamo, quindi accesi il navigatore del telefono perché ci riportasse indietro, con un'occhiata all'orologio. Avevamo abbastanza tempo da tornare a casa e prendere la chitarra di Story dal Cremlino prima di dirigerci al locale.

Puntai il dito a Story e feci il segno per indicare *fame*, alzando le sopracciglia nel modo che avevamo imparato.

«Se ho fame? Sì, in realtà mangerei anche. Tu?»

Annuii. Entrammo nel primo drive-thru che vedemmo: un Wendy's.

Usai l'iPad per ordinare, il che fece ridere Story e alleggerì un po' l'umore.

Cenammo mentre guidavo, e poi lei sganciò la bomba.

«Oleg, non posso venire a vivere da te.»

Riuscii in qualche modo a impedire alla Denali di schiantarsi contro il tizio di fronte a me. Poi Story non proseguì, il che rese le cose un milione di volte peggiori.

Feci il segno per *perché?* spingendo il dito medio sulla fronte, con le sopracciglia verso il basso.

«Pensavo di riuscirci. Mi preoccupo per te. Davvero. Ma ho già vissuti tanti drammi nella mia vita. E la tua è davvero intensa. Voglio dire, sei nella mafia russa, e ti sparano, e io vengo aggredita, e poi ho pensato che stessi per morire, ed è troppo, ecco.»

Volevo discuterne con lei. Presi l'iPad, ma mi resi conto di non poter scrivere e guidare allo stesso tempo.

Cazzo.

Le presi invece la mano e scossi la testa. Lei si allontanò, sventrandomi.

«*Non posso*. Ho bisogno che lo accetti. Ti prego, non rendere tutto più difficile di quanto non sia già.»

Bljad'. Afferrai il volante. Una parte di me si rifiutò di crederci. Volevo combattere per lei. Ma mi aveva appena chiesto di non farlo, e non ero nemmeno il tipo di ragazzo da non capire che no significava no. Story mi voleva fuori dalla sua vita.

Un'ironia troppo grossa da digerire.

Avevo scelto di vivere e combattere grazie a lei, e l'avevo persa comunque. Avrei quasi preferito essere morto.

CAPITOLO QUINDICI

Story

Chiesi a Oleg di lasciarmi da Rue.

Gli avevo detto di non entrare. Aveva onorato la mia richiesta.

In parte temevo che non l'avrebbe fatto.

Voglio dire, sapevo che era testardo. Dogmatico persino, nella sua devozione nei miei confronti.

Ero riuscita a sopravvivere alla serata. Credevo pure che nessuno avesse notato che qualcosa non andava, il che aveva solo peggiorato la cosa.

Perché l'ansia in fermento, la sensazione che tutto fosse sbagliato, non era scomparsa quando avevo rotto con Oleg.

Anzi: era peggiorata.

E ora, fuori dal Rue mentre chiamavo un Uber per casa, avrei voluto praticamente strisciare fuori dalla mia stessa pelle. Il ronzio nelle orecchie non proveniva solo dagli amplificatori. Era rumore. Rumore che rendeva impossibile pensare al minimo problema, come aprire l'app e controllare la corsa.

Una familiare Denali bianca mi si avvicinò.

Oleg.

Le lacrime mi affiorarono agli occhi all'istante. Ovvio che fosse ancora lì. Probabilmente era rimasto nel parcheggio per l'intero spettacolo, in attesa di assicurarsi che tornassi a casa sana e salva.

Aprii la portiera. «Non puoi stare qui!» Le lacrime mi intasavano la gola.

«Lascia che ti porti a casa» disse la voce con accento australiano dell'iPad.

Abbassai le spalle. «Ho chiamato un Uber.» Sapevo già che sarei montata nella Denali.

Oleg era il mio passaggio, anche se io non lo volevo.

Si strofinò una mano aperta sulla testa. *Ti prego.*

Sbattei le palpebre per ricacciare indietro le lacrime.

«Va bene» montai. «Ma è tutto. Questo è il nostro addio. Per favore, non tornare qui di nuovo.»

Acconsentì annuendo.

Solo che quando arrivammo a casa mia parcheggiò e aprì la portiera.

Avrei voluto protestare, ma non lo feci. Forse una parte di me voleva trascinare anche l'addio. Mi portò la chitarra e mi accompagnò alla porta, prendendomi le chiavi per aprire e poi seguendomi su per le scale.

Aprì la porta dell'appartamento.

E in un attimo fu su di me. Le sue braccia mi fasciarono la schiena, le labbra scesero sulle mie con una forza livida.

Mi arresi. Completamente.

Ero una che viveva il momento, e quello era il nostro. Gli diedi la lingua, gli girai le braccia intorno il collo, in punta di piedi. Mi afferrò il culo, strattonandomi il corpo contro il suo mentre mi reclamava la bocca. Mi appoggiò contro il bracciolo del divano e mi sistemò la gamba dietro il ginocchio perché mi aprissi per lui.

«Oleg.»

Mise la mano saldamente sul mio monte di venere; il calore delle sue dita mi bruciò attraverso le mutandine. Fece scivolare le dita sotto il tessuto, strofinandosi sul mio ingresso mentre le nostre labbra si aggrovigliavano. Mi succhiò il labbro inferiore e immerse un dito dentro di me.

Raggiunsi i suoi jeans e li aprii, nel disperato tentativo di farlo entrare dentro di me. Mi trascinò la bocca sul collo e mi morse mentre gli tiravo fuori il cazzo e lo posizionavo al mio ingresso. Barcollai all'indietro, coi fianchi in equilibrio sul bracciolo imbottito del divano, ma lui mi avvolse forte un braccio dietro la schiena per tenermi in posizione e allo stesso tempo mi tirò i fianchi in avanti verso i suoi. Spingendo il tassello delle mutandine di lato entrò in me, e ci muovemmo insieme fin dal primo istante in cui mi fu dentro.

Scopammo come se ne andasse delle nostre vite.

Come se fossimo gli ultimi esseri umani della Terra. Era l'ultima possibilità che avremmo mai avuto per il sesso. Dovevamo farlo contare per tutta l'umanità.

Mi scopò forte, spingendo dentro e su. Ogni colpo sembrava necessario. Soddisfacente. Un'affermazione di vita. Mi aggrappai a lui, con una mano intorno al suo collo per tenermi sospesa, le ginocchia spalancate per il suo saccheggio.

Adoravo la sua passione selvaggia. Che una volta iniziato sembrasse incapace di trattenersi, con me.

Come se farmi venire fosse l'unico obiettivo della sua vita.

Il tempo era sospeso. Il piacere brillava tutto intorno a noi, crescendo, bruciando. Salendo. Non mi resi nemmeno conto delle lacrime che mi sgorgavano dagli occhi. Non ero triste. Era semplicemente necessario. L'intensità incontrò la fiamma ardente nella mia anima. La mia ragione di vita.

Ero insolitamente tranquilla. A parte la singola supplica iniziale, non pregai, non gemetti, non gridai.

Come se quella fosse un'occasione troppo seria per le solite parole appassionate. Troppo significativa. Il pesante raschiare i nostri respiri era l'unica musica su cui danzavamo. Non c'era dubbio che avremmo raggiunto il culmine come una cosa sola. Sentii l'ondata del suo orgasmo e il mio si alzò, a incontrarlo. Fu il primo a emettere suono. Un vocalizzo bramoso. Risposi. E poi venimmo entrambi. Si inarcò in profondità e lì rimase, sparando il suo carico. Gli succhiai il collo, i miei muscoli interni si contrassero intorno al cazzo, mungendolo di più. Andò avanti e avanti. Un completamento, non solo del sesso ma di noi. Del nostro rapporto. Un'ultima volta importante insieme per ricordarsi l'uno dell'altra.

Oleg uscì da me e mi aiutò a rimettermi in piedi. La preoccupazione oscura gli turbinò negli occhi castani. Gli misi la mano sul viso, memorizzando i suoi cari lineamenti. «Ti amo.» Valeva la pena dirlo, anche se stavamo rompendo. E lo dissi come un finale. Un *Amen* allo spazio sacro che ci eravamo dati l'un l'altra.

E Oleg sembrò capire che stavamo comunque rompendo, perché quelle parole gli fecero increspare la fronte come se stesse soffrendo.

L'ansia tornò a salirmi, iniziando a divorare le endorfine rilasciate da quel sesso incredibile.

Dovevo porre fine alla cosa. Forse era per quello che ero ancora ansiosa. Perché era lì. Era ancora in corso.

«Addio, Oleg» dissi con fermezza. Vacillò, visibilmente distrutto dalle mie parole. Mi sentivo ugualmente distrutta. Chissà perché, ma l'ansia non migliorava. Mi afferrò la nuca e premette le labbra sulle mie.

Stavolta il bacio non fu brutale, ma morbido e dolce.

E poi si girò e se ne andò senza girarsi a guardarmi.

Pensavo di aver già pianto tutte le mie lacrime quando credevo che Oleg fosse morto, ma sembrava che mi fosse rimasto ancora un oceano. Volevo infilarmi sotto la doccia e poi a letto, ma invece mi ritrovai in ginocchio, straziata dai singhiozzi.

~

Oleg

Non mi alzai dal letto se non per mangiare un po', il giorno dopo. O quello successivo. E nemmeno il terzo. Non riuscivo a far fronte a ciò che avevo perso. Avevo avuto Story. Era stata mia per due brevi settimane. Aveva lasciato che la tenessi. Avevo fatto l'amore con lei. L'avevo portata a casa. Stava per venire a vivere con me.

Per la prima volta dopo anni, avevo avuto un motivo per alzarmi la mattina. Le cose sembravano di nuovo possibili. Ero disposto ad ampliare le mie possibilità. A iniziare a interagire con il mio ambiente. A unirmi ai vivi.

C'era tanta leggerezza intorno a me. Non odiavo il mio corpo per avermi tradito. Avevo trovato nuovi modi per comunicare. Ma soprattutto, avevo avuto modo di stare vicino a Story. La mia ossessione.

L'avevo avuta per me, per tutto il suo tempo. Tutte le sue ore. Cantava e suonava la sua chitarra nel mio letto. Stava nella mia doccia. Mi aveva permesso di amarla.

E lei mi aveva amato.

Lo aveva detto.

Ma poi non aveva scelto noi. Non aveva scelto me. Le avevo causato troppo stress e aveva rinunciato. Non potevo biasimarla. Neanche per un secondo. Avrei voluto prendermi a pugni in faccia per averle fatto del male. Per averla fatta piangere. Per averle causato ulteriori traumi. Mercoledì mattina Nikolaj e Dima entrarono nella mia stanza senza bussare.

Ero supino al centro del letto.

«Allora, che cazzo è successo?» chiese Nikolaj. Lo ignorai per fissare il soffitto.

«Questo posto puzza. Devi alzarti e fare una doccia, *mudak*. E uscire a mangiare qualcosa.» Continuai a ignorarlo.

«Immagino che Story abbia rotto con te...»

Mi misi seduto e strinsi le mani a pugno. Fui improvvisamente sopraffatto dall'impulso di menare i miei fratelli, cosa che non avevo mai fatto. Nikolaj e Dima sembrarono rendersene conto, perché fecero un passo indietro all'unisono.

«Mi dispiace.» Nikolaj alzò le mani. Entrambi sapevano che i miei pugni erano letali come qualsiasi pistola. «Non voglio farti incazzare, Oleg» disse Nikolaj. «Vogliamo solo parlarne. Vedere se possiamo aiutarti.»

Scossi la testa. Non esisteva aiuto. Non per me e Story. Nonostante il mio rifiuto all'assistenza, si sedettero ai piedi del letto. Ora volevo davvero ucciderli. «Cosa l'ha spaventata?» chiese Dima. «Il pericolo?»

Lo guardai.

Mi passò l'iPad. Ringhiai, ma improvvisamente il bisogno di parlare di Story divenne una nuova dipendenza. Come se così facendo avrei potuto riportarla da me.

Il dramma, scrissi.

Nikolaj inclinò la testa.

«Uhm.» Sembrava dubbioso, come se stesse mettendo in discussione la risposta. «Naturalmente la conosci meglio di me, ma non sono sicuro che sia così. Voglio dire, se non fosse una capace di gestire i drammi, avrebbe chiamato i poliziotti nel momento in cui ti ha trovato ferito nel retro del suo furgone, giusto?»

«*Da*. A me sembra quasi il contrario» concordò Dima. «Cos'ha detto a Sasha? Ha un'alta tolleranza per il caos. E non ha dato di matto nemmeno dopo la sparatoria sul tetto. Voglio dire, quella ragazza sa davvero gestire le cose.»

Lo disse con apprezzamento, ed ero in parte contento e in parte infuriato per la sua ammirazione. Il panico iniziò a far rabbrividire in profondità il fondo del mio stomaco.

Non avevo nemmeno capito perché mi aveva lasciato? Davvero non riusciva a gestire *me?* Nikolaj sembrò intuire la mia paura, perché disse: «Non c'è dubbio che ti ami. Non ho mai visto nessuno a pezzi come lei quando pensava che fossi andato a morire.»

«Forse Maxim quando pensava che Sasha fosse morta» ribatté Dima, «Ma sì, Story era un disastro.»

Un disastro.

«Quindi a me è sembrato che riguardasse più il fatto che te ne sei andato tu. Ha assorbito tutto il resto della merda, l'ha metabolizzato senza molte lamentele» disse Nikolaj.

Me n'ero andato io. Il commento toccò una corda da qualche parte.

Story mi aveva detto che non poteva fare affidamento sulle persone della sua vita. Che aveva avuto molto amore dalla sua famiglia ma nessuna stabilità.

Doveva essere per quello che aveva detto di aver sempre chiuso lei le relazioni. Forse era il tipo che se ne andava prima di avvicinarsi. Prima di essere abbandonata o delusa di nuovo.

Le era piaciuto che fossi costante. Mi ero presentato settimana dopo settimana. Poteva contare su di me.

E così, andando via, avevo fatto l'unica cosa di cui

aveva paura. Mi ero dimostrato inaffidabile. Capace di ferirla come le altre persone a lei più vicine.

Avevo tradito Story.

L'avevo abbandonata.

Cazzo.

Non avevo solo riaperto la sua ferita: l'avevo proprio pugnalata. Dopo che mi aveva detto quanto fosse spaventoso per lei fidarsi di qualcuno.

Gospodi.

Pensavo di essermi consegnato a Skal'pel' per lei e di averle lasciato i soldi per un nuovo inizio, ma era davvero un tipo di regalo che valeva la pena ricevere? Una borsa di contanti e un altro abbandono? Non era affatto un regalo. Story era il tipo che preferiva rischiare la propria vita e stare al mio fianco. Me l'aveva già dimostrato. E io avevo fatto sì che il suo sacrificio non significasse nulla.

«Che c'è?» chiese Nikolaj.

Scrissi, *L'ho abbandonata quando aveva bisogno che io fossi la sua roccia.*

«Caaaazzo» disse Dima dopo aver letto.

«Allora devi dimostrarle che sei ancora la sua roccia» consigliò Nikolaj.

Tenni le mani verso l'esterno per chiedere *come?*

«Diglielo. Continua ad andare ai suoi spettacoli. Non starle troppo addosso – non mancare di rispetto ai suoi desideri – ma dimostrale che non andrai da nessuna parte. Mai più. E comunica. Mi sento proprio come una merda per non aver avuto modo di conoscerti fino all'arrivo di Story. Non so perché non ci siamo sforzati di tirarti fuori dal tuo guscio. Voglio dire, cazzo. Avremmo potuto imparare la lingua dei segni molto tempo fa.»

«Sicuramente» concordò Dima. «Diavolo, potremmo anche assumere un logopedista. Ho fatto qualche ricerca, e sembra che possa insegnarti nuovi modi di parlare.»

Mi venne voglia di piangere dalla gratitudine per il turbine di speranza che i gemelli avevano scatenato – non per il fatto di poter parlare, ma per la possibilità di riconquistare Story.

Mi alzai in piedi, e quando i gemelli mi imitarono li tirai a me per una stretta di mano e un abbraccio da uomo, picchiandoli ciascuno sulla schiena.

«Oh. Ok. Wow. Devi sentirti meglio» disse Dima ridacchiando. «Come posso aiutarti?» Scossi la testa. Sapevo già cos'avrei fatto. E avrebbe funzionato. Poteva essere un gioco lungo, ma ero disposto a giocare. Lo avrei fatto fino al giorno della mia morte, se necessario. Io ero la roccia di Story e lei lo avrebbe saputo, ci avrebbe creduto e lo avrebbe sentito fin dentro le ossa. L'amavo e non l'avrei abbandonata mai più.

CAPITOLO SEDICI

Story

«Story? Ehi, sono la mamma.»

I campanelli d'allarme trillarono tutti in una volta al suono di quella voce. Si irradiò con la pesantezza della depressione.

«Mamma, stai bene?»

«Oh... sono stata meglio. Io e Sam ci siamo lasciati.» Iniziai a lacrimare, non per mia madre ma per pura auto-commiserazione.

Davvero? Dovevo affrontare la rottura di mia madre proprio in quel momento, quando non avevo ancora gestito la mia?

«Puoi venire? Non voglio stare da sola.»

Sbattendo le palpebre per ricacciare indietro le lacrime, infilai gli stivali e presi le chiavi. «Va bene, mamma. Arrivo. Sei a casa?»

«Ehm... sì. Sono a casa.» Sembrava smarrita.

Dovevo respirare a fondo per affrontare il picco di paura che accompagnava tutti gli episodi di mia madre. Il fatto che mi avesse contattata era un buon segno. L'aiuto anticipato preveniva dei bassi davvero dannosi. «Esco subito.»

«Grazie, tesoro» disse mia madre, che sembrava persa in un sogno. Conoscevo la sensazione.

Salii in macchina e mi diressi a casa sua; l'intorpidimento prese il sopravvento sull'ansia. Ero ansiosa da quando Oleg aveva lasciato il mio appartamento sabato sera. Anzi, ogni giorno che passava si faceva sempre più forte. Non aveva senso.

Di solito quando provavo ansia tagliavo i legami con chiunque mi si stesse avvicinando troppo, e immediatamente cessava. Lo consideravo il mio istinto che mi indicava quando era il momento di procedere.

La bussola delle mie relazioni.

E con Oleg si era presentata.

L'avevo percepita davvero forte, sabato. Eppure la rottura non aveva alleviato il senso di terrore nel profondo del mio stomaco.

E ora avevo a che fare con la merda di mia madre.

Come se l'universo avesse deciso che non avevo vissuto abbastanza dramma nella vita, dopo Oleg che si sacrificava a un medico malvagio e veniva quasi ucciso e la nostra conseguente rottura.

Accesi il telefono per chiamare Dahlia, la mia sorellina, per farle sapere cosa stava succedendo alla mamma.

«Ehi sorellina, ciao. Che c'è?» rispose allegramente.

«Eh» Fu tutto quello che riuscii ad articolare. All'improvviso mi sentii totalmente incapace.

«Che succede, Story? È per la mamma?»

Annuii. «Sì. Più o meno.»

Chissà perché avevo detto *più o meno*.

Non avevo chiamato per parlare dei miei problemi.

«Sta bene?» Udii un tono di allarme nella voce di Dahlia, che compresi.

Temevamo tutti quella chiamata. Quella in cui scoprivamo che la mamma si era suicidata. «Sì, penso di sì. Sembrava depressa, quindi sto andando da lei. Farò in modo che prenda un appuntamento con lo psicologo.»

«Bene. Sono contenta che riconosca di aver bisogno di aiuto» disse Dahlia.

«Lo so.» Mi sentii soffocare di nuovo.

«Tu stai bene? Vuoi che venga a casa?»

«No, no. Sto bene. Solo che, ehm, sto vivendo anch'io un momento difficile.»

«Oh no! Cosa sta succedendo?»

Le lacrime iniziarono a scorrermi sul viso. Tolsi la mano dal volante per asciugarle con le dita. «Ricordi il ragazzo di cui ti ho parlato?»

«Oh mio Dio, sì! Cosa sta succedendo?»

«Dalia, penso di essere nei casini.»

«Cosa intendi?»

«Non lo so. Come se fossi distrutta. Forse ho ereditato il gene della relazione della mamma.»

«Assolutamente no» disse con fermezza mia sorella. «Cosa sta succedendo? Ti piaceva molto questo ragazzo, giusto?»

«Già» gemetti. «Ma poi ho provato l'ansia che mi viene di solito. Sai, il segno. È quando so che le cose non funzioneranno e che devo uscirne. Solo che ho rotto con lui, e l'ansia sta solo crescendo.»

«Ok, aspetta un minuto. Quindi pensi che l'ansia in una relazione sia un segno e che significa che devi chiudere?»

«Sì. Come se fosse l'istinto che mi dice che le cose non funzioneranno, e che dovrei fermarmi prima che si facciano troppo intense.»

«Aspetta, aspetta, aspetta. È per questo che non frequenti mai nessuno per più di un paio di mesi?»

«Sì, ma il fatto è che stavolta non ha funzionato. Sono ancora ansiosa. E ora anche totalmente confusa.»

«Story, ti sei mai fermata a pensare che magari l'ansia non è istinto ma paura?»

Il commento mi atterrò come un missile tra gli occhi.

Non riuscii nemmeno a rispondere.

«E se avessi l'ansia perché hai paura di avvicinarti troppo a qualcuno, e non perché è un'intuizione che ti dice che non funzionerà?»

Eh. Smisi di piangere. Suonava *logico*.

Come se potesse essere vero.

«Quindi hai respinto questo ragazzo e ora hai paura perché pensi di averlo perso.»

«Non lo so...»

«Forse invece lo sai.» Rise, suo malgrado.

«Pensi di essere così saggia solo perché sei l'unica in famiglia ad avere una relazione per più di tre anni.»

«Beh, anche mamma e papà lo hanno fatto. Ma così male che hanno fatto pensare a tutti noi che le relazioni fossero impossibili.»

«Tu non lo pensi.»

«Perché io ho Joe.»

«Sì. Joe è il migliore» concordai. Il cuore mi faceva improvvisamente male per il desiderio che avevo di Oleg. Oleg era cento volte meglio di Joe, secondo me.

Oleg era l'uomo perfetto.

E se *davvero* l'ansia fosse dipesa dal fatto che l'avevo perso e non dal fatto che avrei dovuto lasciarlo?

E se fosse stato lui il mio Joe? Il mio lui.

Il mio... per sempre?

Arrivai davanti all'appartamento di mia madre e parcheggiai.

Stava aspettando sul gradino anteriore, nonostante il freddo.

«Ehi, mamma.» La presi in un abbraccio.

«L'ho buttato fuori» disse scoppiando in lacrime. «E ora penso di rivolerlo indietro.» Piansi con lei.

«Ho fatto la stessa cosa, mamma. E penso che sia stato un errore.»

Oleg

Sabato sera feci la doccia e indossai una camicia pulita e jeans. Mi rasai la faccia e usai un po' del dopobarba di Maxim, e poi andai al Rue. Mercoledì avevo spedito una lettera scritta a mano a Story. Mi ci era voluta un'eternità, perché l'avevo digitata prima nell'iPad per assicurarmi di aver scritto bene in alfabeto latino, ma volevo che fosse scritta a mano, non stampata né inviata per email. Diceva:

Story,

   mia bella lastočka.

   Ti ho delusa. Pensavo di fare la cosa giusta andandomene per la tua sicurezza, ma ora mi rendo conto che non hai mai voluto essere al sicuro.

   Volevi poter dipendere da me. E abbandonandoti mi sono dimostrato inaffidabile.

   Voglio che tu sappia che rispetto il tuo desiderio di porre fine alla nostra relazione, ma tu sei lo scopo della mia vita.

   Essere la tua roccia.

   Tenerti al sicuro.

   Guardarti mentre ti esibisci.

   Queste sono le cose per cui vivo e respiro.

   Quindi non smetterò di venire ai tuoi spettacoli. Non smetterò di assicurarmi che arrivi a casa sana e salva. Sarò lì per te in qualsiasi modo tu mi voglia. Per prenderti quando ti tuffi dal palco o per portare l'attrezzatura o semplicemente per sedermi in un angolo senza cercare mai più contatti.

Ma puoi contare su di me.

Ho fatto un casino, ma l'errore non si ripeterà.

Mai più.

Io sono la tua roccia.

Puoi contare su di me.

Promesso.

Ja ljublju tebja. *Ti amo.*

Oleg

NON AVEVA CHIAMATO NÉ SCRITTO dopo averla ricevuta.

Diavolo, non sapevo nemmeno se l'aveva letta. Forse l'aveva gettata nella spazzatura.

Non perché mi disprezzasse, non lo credevo.

Ma perché era troppo doloroso per lei.

Stava cercando di darci un taglio netto.

Era quello il peso più grande che mi pendeva sulla testa mentre parcheggiavo dietro al Rue's Lounge. Non ero arrivato abbastanza presto per prendere il mio tavolo perché non volevo far incazzare Story. Non volevo turbarla prima dell'esibizione né darle l'idea di dover parlare con me.

Entrai dopo che aveva iniziato la prima parte. Il posto era su di giri. Gli Storyteller stavano suonando alla grande una versione della canzone di Jane's Addiction, *Jane Says*. I capelli di Story erano tornati biondo platino e indossava una tonalità scura di rossetto che le esaltava gli occhi.

Entrai e mi ritrovai contro la parete di fondo. Speravo che non mi avrebbe chiesto di andarmene. Pregai che avesse letto la lettera e che capisse che dovevo stare lì. Che dovevo dimostrarle che ero l'uomo che lei credeva che fossi.

Annie, una delle cameriere, mi portò una birra senza che la ordinassi. Story si lanciò in una delle sue canzoni originali e poi in un'altra. La performance era impeccabile, eppure vedevo il peso che la settimana aveva avuto su di lei. Non sorrideva né saltava granché. Era semplicemente tranquilla e professionale.

E poi mi vide. Il suo sguardo cadde su di me e lì si fissò, ma lei non vacillò nel cantare le parole o suonare gli accordi.

Mi aspettava.

Quindi aveva letto la lettera.

Finì la canzone e si spostò per il palco.

«Ehi. Ho lavorato a una nuova canzone. Vi va di ascoltarla?»

Battei le mani mentre la folla esultava.

«Riguarda un ragazzo. Probabilmente lo conoscete. Di solito siede proprio lì.»

Indicò il mio tavolo, dove quella sera c'erano altri stronzi.

Rimasi di sasso.

«L'ho lasciato entrare nella mia vita di recente, ed è stato bello. Davvero bello. Ma a volte fuggiamo dalle cose buone della nostra vita. Perché averle genererebbe la paura di perderle, sbaglio?»

Lanciò uno sguardo addolorato nella mia direzione, e la gente si girò per vedere chi stesse guardando.

Eccolo. È il ragazzo su cui si arrampica, sentii dire dai clienti abituali.

«Ma i veri eroi sono quelli che continuano a presentarsi. Anche quando li scacci. Ed è quello che Oleg fa per me. È solido come loro. E questa canzone è per lui.» Story mise il microfono nel supporto e si posizionò lì davanti, con le gambe larghe.

Ti ho conosciuto a fondo / Non ne ho avuto solo un assaggio.

Non volevo lasciarti / solo perché mi piace l'inseguimento.

Tu sei nella mia sfera / Io nel tuo orecchio

Poi mi hai portata a casa, ma non sei entrato.

Non lo so, non lo so, non so cosa sto facendo,

Ma quando sono con te / quando sono con te-e.

Non ho bisogno di nulla. Non ho bisogno di nulla.

Sono contro il muro / le tue mani si aggrovigliano nei miei vestiti

Ti sto baciando, mordendo, mi sento scossa fino alle dita dei piedi

Quando ti presenti, ti mostri forte.

Non lo so, non lo so, non so cosa sto facendo,

Ma quando sono con te / quando sono con te-e.

Non ho bisogno di nulla. Non ho bisogno di nulla.

Dare fuoco alla casa, raderla al suolo.

Le città cadono, le macerie tutt'intorno

Quando ti presenti, ti mostri forte

Non lo so, non lo so, non so cosa sto facendo,

ma io sono con te / quando sono con te-e,

Non ho bisogno di nulla.

E non lo so, non lo so, non so cosa stiamo facendo.

Ma non ho bisogno di nulla.

Non ho bisogno di nulla, se non di te.

NON SO QUANDO MI MOSSI, ma al termine della canzone ero sotto al palco a fissare il mio passerotto, attratto come una calamita dalla sua presenza.

Story si fece passare la cinghia della chitarra da sopra la testa.

«Non ho bisogno di nulla, tranne di te.» Cantò l'ultima strofa a cappella. E poi scese dalla parte anteriore del palco, tra le mie braccia. La folla applaudì, fuori di testa.

Flynn si affrettò ad accendere il microfono mentre procedevo con Story in fondo alla stanza.

«Quella era Story Taylor. Io sono Flynn e noi siamo gli

Storyteller. Torniamo dopo una piccola pausa, gente. Grazie per essere venuti.»

Emisi un verso dolce, il suono che facevo solo per lei. Il mio modo di chiamarla per nome. Mi infilò la faccia nel collo e rispose con un gemito.

«Grazie per essere venuto per me» mormorò.

Sempre, avrei voluto dirle.

Mi accontentai di continuare con altri versi.

«Significa sempre?» Mi leggeva proprio nel pensiero.

Annuii e mi girai per baciarle la parte superiore della testa.

Nell'angolo posteriore, la sollevai fino a metterla in punta di piedi e la invasi con il mio corpo, proteggendola dalla vista dal resto del bar. Indicai il suo petto, poi il mio.

Il suo sorriso si illuminò. C'era ancora tristezza dentro di lei. «Io ti appartengo?»

Annuii e poi invertii l'ordine.

«Tu appartieni a me.»

Annuii di nuovo.

«Posso venire a vivere da te?»

Un sorriso sorprese il mio volto inespressivo con la sua apparizione improvvisa.

«Accidenti.» Si alzò per mettere il palmo della mano contro la mia guancia. «Sei bellissimo quando sorridi.»

Sorrisi di più.

«Scusa. Ho avuto paura.»

Scossi la testa e mi indicai, poi feci il segno per dire *mi dispiace.*

«So che ti dispiace. Non hai mai avuto intenzione di farmi del male. Stavi cercando di prenderti cura di me.»

Annuii.

«Non posso promettere che non andrò fuori di testa di nuovo.»

Scossi la testa. Non te lo permetterò, avrei voluto dirle.

Mi indicai il petto, poi scossi la testa per indicare la porta.

«Non te ne andrai?»

Annuii.

«Mai?»

Scossi la testa con enfasi.

«Sei mio?»

Comparve di nuovo quel sorriso. I miei muscoli facciali avrebbero dovuto adattarsi alla nuova sensazione.

«Ti amo.»

Mi mossi lentamente, assaporando ogni momento prezioso mentre sorseggiavo le sue labbra, all'inizio delicatamente e poi passando a un bacio possessivo e rivendicativo.

Story si rilassò sempre di più; la tensione e la nuvola che la attorniavano svanirono.

Piegai un dito, facendo qualche passo indietro per scostare una sedia. Story mi strisciò immediatamente in grembo: il posto a cui apparteneva.

CAPITOLO DICIASSETTE

Story

«Prendimi se ci riesci!» Strillai nel momento in cui uscimmo dall'ascensore del Cremlino dopo lo spettacolo. Decollai verso la porta che conduceva al tetto. Sentii la morbida risatina di Oleg proprio dietro di me, che però mi lasciò fingere di guadagnare terreno mentre correvo su per le scale verso la splendida piscina. L'aria si stava congelando e il vapore usciva dalla vasca idromassaggio, quando srotolai la copertura.

«L'ultimo che si butta è un uovo marcio.»

Mi tolsi i vestiti ridacchiando. Oleg non aveva fretta. Si spogliò lentamente, guardandomi con totale assorbimento mentre lasciavo cadere cappotto, stivali, collant, gonna, camicia, reggiseno e mutandine sul bordo di ciottoli.

Saltai dentro prima di prendere freddo e ondeggiai su e giù, rimbalzando sui piedi, facendo schizzare l'acqua intorno ai seni che si immergevano dentro e fuori dalla superficie.

Oleg finì di spogliarsi: un vero stallone con un pene delle dimensioni del mio avambraccio. Lo schizzai.

Strizzò gli occhi. Inarcò un sopracciglio e puntò un dito.

«Oh oh.» Sorrisi. «Paparino mi sculaccerà?»

Ti prego.

Avevo scoperto che l'altro nomignolo che mi aveva dato – *šalun'ja* – significava ragazzaccia o civetta, cosa che adoravo.

Entrò in acqua, in piedi sul primo gradino, poi sedette sul bordo della piscina. Le sopracciglia scattarono mentre mi raggiungeva.

Oddio.

Mi sculaccerà. Diventai smaniosa ed eccitata e un po' nervosa, solo perché l'ultima volta mi aveva fatto male quasi quanto mi aveva fatto bene. Aprì le ginocchia e mi tirò su una di esse, ribaltandomi in modo che le mie mani poggiassero sul bordo della piscina alle sue spalle. Emisi un verso tremolante. Mormorò dolcemente e poi mi schiaffeggiò il culo bagnato.

«Ahia! Oh mio Dio, fa male.»

UN ALTRO SCHIAFFO, servito con una risatina oscura. Ballai sui piedi, elettrizzata. Arrapata. Bruciante.

Mi massaggiò il culo, poi mi fece scivolare le dita tra le gambe. Mi dimenai per lo shock della sensazione quando le sue dita sfiorarono le mie parti più sensibili. Tirò altri due schiaffi veloci e poi mi massaggiò ancora un po'.

Oh Dio, che bello.

Eccitante. Delizioso. La nitidezza del dolore iniziale scemò mentre mi attraversava il piacere.

Non sapevo perché mi piacessero quelle cose.

Non mi importava. Era Oleg, e mi fidavo completamente di lui. Andò avanti per qualche altro giro: un paio di schiaffi, poi il dito medio che girava sul clitoride.

La mia eccitazione aumentò rapidamente. Anzi: gemetti, anche se il culo mi bruciava già. Ovviamente lui continuò, con sette sculacciate rapide che mi fecero strillare e scalciare. E poi all'improvviso eravamo entrambi immersi nell'acqua, brucianti di calore nonostante il freddo invernale sulla pelle.

Oleg mi pizzicò un capezzolo mentre mi avvolgeva un braccio dietro la schiena e attirò il mio corpo contro il suo. Gli avvolsi le gambe intorno alla vita. Usò la mano per dirigere il cazzo verso il mio ingresso.

L'acqua e l'assenza di peso gli rendevano scivoloso e difficile entrare, e pochi istanti dopo mi ritrovai in ginocchio sul gradino, i gomiti su un cuscino preso da una chaise longue vicina e con Oleg che mi martellava da dietro. Mi afferrò i capelli nel pugno in modo irrispettoso, e lo adorai. Lo adorai perché sapevo che quell'uomo al di fuori della camera da letto era la cosa più lontana dall'irrispettoso. Era l'essere spaventoso più affidabile che avessi mai trovato, e di cui avevo scoperto il potere e il dominio deliziosi.

Mi cavalcò forte, proteggendomi i fianchi dalla parete della vasca con un avambraccio intorno alla vita. Persi la testa, mormorandone il nome, ansimando, implorando lo sfogo. Il suo pollice mi trovò la mia bocca. Lo succhiai forte, sperando di portarlo al culmine così da raggiungere il mio.

Funzionò. Ringhiò e si spinse in profondità, scontrandosi contro il mio culo mentre veniva. Venni nel momento in cui esplose lui, senza bisogno che mi stimolasse il clitoride come stava facendo. Urlai perché potevo. Perché era bello essere chiassosa quanto volevo, lì sul tetto. Quando entrambi ci fermammo, il cuore di Oleg mi batteva contro la schiena; abbassò le labbra al mio orecchio e morse delicatamente, poi mi baciò. Sentii il suo mormorio morbido, il suono che emetteva per me quando ci avvicinavamo.

Si tirò fuori e mi girò, indicando il mio petto e poi il suo.

«Sì» dissi sottovoce. «Io sono tua.»

Mi sistemò in grembo nell'acqua, sempre mugugnando.

«Ehi, indovina un po'? Il mese prossimo iniziamo il corso di linguaggio dei segni al centro professionale.» L'avevo cercato il giorno prima e mi ero iscritta. Avrei iscritto anche Oleg, ma doveva prima registrarsi.

Alzò le sopracciglia.

«Lo impareremo entrambi, in modo da parlare facilmente. Altrimenti come comunicherai con i nostri bambini?»

Oleg emise uno sbuffo sorpreso seguito da un gemito morbido e sbatté le palpebre rapidamente.

Se non lo avessi conosciuto bene, avrei giurato che il mio forte omone si era commosso.

Mi indicò, poi afferrandosi le mani fece il segno di *volere*, poi imitò il dondolare un bambino.

«Sì, voglio dei bambini. E tu?»

Un altro gemito morbido e commosso. Annuì.

«Pensavo tipo tre o quattro. Una grande casa rumorosa piena di bambini. Perché il caos folle è la mia specialità.»

Oleg singhiozzò e appoggiò la fronte contro la mia guancia, cullandomi delicatamente nell'acqua.

«Sei giù.»

Mugugnò e si alzò, sollevandomi dall'acqua.

Si chinò per prendere la chiave magnetica, lasciando i nostri vestiti sul bordo mentre mi portava alla porta.

«Dove stiamo andando? Hai intenzione di scoparmi di nuovo?»

Di solito non ero tipo da parlare sporco, ma dopo aver letto tutte le cose che Oleg voleva dirmi la scorsa settimana pensavo di esprimere i suoi pensieri. I suoi occhi si oscurarono alla promessa malvagia.

Risi e mi strinsi al suo collo, scalciando con gioia.

EPILOGO

Oleg

«S-t-ory.» Mi impegnai con attenzione per far sì che i suoni mi uscissero dalle labbra nel modo giusto. Ero in piedi sulla porta dello studio di Story, al decimo piano, dove teneva le lezioni e provava con la band.

Ravil aveva trovato un logopedista che lavorava con me ogni settimana in modo che imparassi a parlare di nuovo. Emettevo suoni con le labbra per sostituire quelli che non potevo fare con la lingua. Ne odiavo fottutamente il suono, ma valeva la pena vedere il volto di Story illuminarsi sentendo il suo nome.

La mia ragazza si girò di scatto per sorridermi, poi fece uno scatto e mi saltò tra le braccia. «Ciao, paparino» disse sospirando a con voce bassa.

Oh, cazzo. Ora volevo solo spingerla di nuovo contro il muro e darglielo duro, proprio lì, proprio ora.

Ma no. Avevo altri progetti.

«Com'è andata la logopedia?» chiese, piazzandomi una dozzina di baci sul viso.

«Bede» dissi. Con le N avevo ancora difficoltà. «Sposami» mormorai. Avevo appena praticato un'intera frase per un'ora, ma avevo ceduto sotto pressione.

Story girò la testa per guardarmi in faccia.

«Mi hai chiesto di sposarti?»

«Sì. Vuoi?» Le parole non suonarono bene, ma lei mi capì. Rise e pianse.

«Sì. Sì.»

Spostai le mani per prendere l'anello che avevo infilato in tasca e mostrarglielo.

Era piccolo e delicato, con tre sottili fasce tempestate di diamanti intrecciate insieme e tre diamanti da mezzo carato in cima.

Story non era il tipo da volere una grande pietra o qualcosa di troppo appariscente. Volevo qualcosa di artistico e dolce, come lei.

«Lo adoro.» Me lo lasciò infilare all'anulare. «Mi piace tantissimo.»

«Addiamo.» La portai fuori dallo studio musicale, nell'ascensore. Quando uscimmo, andai all'ingresso principale dell'attico, dove erano tutti in attesa. Tutti quegli stronzi mi avevano sentito esercitarmi per l'ultima ora, quindi sapevano cosa stava succedendo.

«Beh?» chiese Sasha. Maxim teneva tra le mani una bottiglia di champagne, il tappo pronto a scoppiare.

«Sì» dissi. Non misi giù la mia *lastočka*. Portarla in giro era uno dei più grandi piaceri della mia vita.

La stanza esplose in applausi e urla. Anche il piccolo Benjamin applaudiva battendo le mani paffute. Il tappo scoppiò e colpì il soffitto. Lo champagne si rovesciò sul pavimento. *«Pozdravlenija!»* Sasha gridò le sue congratulazioni in russo. Pavel, Dima e Nikolaj lo ripeterono, seguiti

da Lucy, che aveva imparato il russo di base più veloce-
mente di quanto chiunque di noi avesse imparato la sua
lingua. La fidanzata di Pavel, Kayla, era in visita da Los
Angeles e saltellò su e giù, tanto vivace quanto dolce.
Maxim versò due bicchieri di champagne e ce li passò.
Aspettammo che tutti avessero un bicchiere.

«A Story, che ci ha fatto scoprire nostro fratello Oleg.»
Ravil sollevò il bicchiere.

«A Story.» Io sollevai il mio.

«Ti amo» mi disse Story, e poi si girò tra le mie braccia.
«Vi voglio bene.» Sollevò il bicchiere, poi lo sorseggiò.
«Siete la migliore nuova famiglia adottiva che potessi
avere, e adoro vivere qui con voi, ma capirò se dovrete
cacciarci dopo il secondo o terzo figlio.»

Seguirono risate e altre battute, ma non ne sentii
nessuna perché il mio mondo si restrinse a Story, come
succedeva sempre.

La mia ossessione.

La mia bella rondinella.

E, presto, mia moglie.

VUOI SAPERNE DI PIÙ?

Il soldato
DOVREI LASCIARLA STARE, LIBERARLA.

L'esercito russo ha fatto di me un assassino, ma la confraternita mi ha reso quello che sono.

Spietato. Mortale. Irrecuperabile.

Ecco perché Kayla dovrebbe stare alla larga da me.

L'innocente giovane attrice ha un brillante futuro davanti a sé,

a patto che qualcuno non la distrugga prima. Qualcuno come me.

Ogni fine settimana, mi si concede completamente.

Senza fare domande. Senza esitazione.

Posso comandarla. In cambio, le do ciò che desidera: dolore e piacere.

Ma è una fantasia che non potrà mai diventare realtà.

Stiamo giocando con il fuoco, ma non riesco a lasciarla andare...

OTTIENI IL TUO LIBRO GRATIS!

Iscrivetevi alla newsletter di Renee per ricevere Indomita, scene bonus gratuite e notifiche riguardo a nuove pubblicazioni!

https://BookHip.com/MGZZXH

La sua ribelle umana

La sua incubatrice umana

Il suo Compagno e Padrone

Cucciolo Zandiano

La sua Proprietà Umana

La loro compagna zandiana (gratuito)

L'AUTORE

L'autrice oggi bestseller negli Stati Uniti Renee Rose ama gli eroi alfa dominanti dal linguaggio sboccato! Ha venduto oltre un milione di copie dei suoi romanzi bollenti, con variabili livelli di erotismo. I suoi libri sono comparsi su *USA Today's Happily Ever After* e *Popsugar*. Nominata *Migliore autrice erotica da Eroticon USA* nel 2013, ha vinto come autrice antologica e di fantascienza preferita dello S*punky and Sassy*, come miglior romanzo storico sul *The Romance Reviews* e migliore coppia e autrice di fantascienza, paranormale, storica, erotica ed ageplay dello *Spanking Romance Reviews*. È entrata dieci volte nella lista di *USA Today* con varie antologie.

Iscrivetevi alla newsletter di Renee per ricevere scene bonus gratuite e notifiche riguardo a nuove pubblicazioni!
https://www.subscribepage.com/reneeroseit

facebook.com/Autrice-Renee-Rose-101548325414563
instagram.com/reneeroseromance

www.ingramcontent.com/pod-product-compliance
Lightning Source LLC
Chambersburg PA
CBHW070641100726
47907CB00007B/2067